A BALADA DO CAVALO BRANCO

G. K. Chesterton

Tradução: Gustavo Guimarães

Título original:
The Ballad of the White Horse
Chesterton, Gilbert Keith, 1874 - 1936

Tradução: Gustavo Guimarães - 1ª edição
ISBN: 9798373871112
Independently published
Curitiba, PR - 2023.

SUMÁRIO

NOTA PREFATÓRIA

Esta balada dispensa notas históricas, pela simples razão de que não pretende ser histórica. Tudo o que não é francamente fictício, como em qualquer romance em prosa sobre o passado, pretende enfatizar a tradição e não a história. O rei Alfred não é uma lenda no sentido do qual o rei Arthur pode ser uma lenda; isto é, no sentido de que ele pode ser uma mentira. Mas o rei Alfred é uma lenda nesse sentido mais amplo e humano, de que as lendas são o que há de mais importante sobre ele.

O culto a Alfred foi um culto popular, desde a escuridão do século IX até o crepúsculo do século XX. É inteiramente como uma lenda popular que trato dele aqui. Escrevo como um ignorante de tudo, exceto que encontrei a lenda de um rei de Wessex ainda vivo na terra. Vou dar três casos curtos do que quero dizer. Uma tradição conecta a vitória final de Alfred com o vale em Berkshire chamado Vale do Cavalo Branco. Tenho visto dúvidas da tradição, que podem ser dúvidas válidas. Não sei quando ou onde a história começou; basta que tenha começado em algum lugar e terminado comigo; pois só procuro escrever sobre um boato, como faziam os antigos baladistas. Para o segundo caso, existe um conto popular de que Alfred tocava harpa e cantava no acampamento dinamarquês; Eu o escolho porque é um conto popular, seja qual for a época em que surgiu. Para o terceiro caso, existe um conto popular de que Alfred entrou em contato com uma mulher e bolos[1]; Eu o escolho porque é um conto popular, porque é vulgar. Foi contestado por historiadores sérios, que foram, creio eu, um pouco sérios demais para serem bons juízes disso. As duas principais acusações contra a história são que ela foi registrada pela primeira vez muito depois da morte de Alfred e que (como insiste o Sr. Oman[2]) Alfred nunca realmente vagou sozinho sem guerreiros ou soldados. Ambas as objeções podem ser atendidas. Levamos quase tanto tempo para aprender toda a verdade sobre Byron, e talvez mais tempo para aprender toda a verdade sobre Pepys, quanto entre Alfred e a primeira escrita de tais contos. E quanto à outra objeção, os historiadores realmente pensam que Alfred depois de Wilton, ou Napoleão depois de Leipzig, nunca andou sozinho em uma floresta por uma ou duas horas? Dez minutos podem ser suficientes para a essência da história. Mas não estou preocupado em provar a veracidade dessas tradições populares. Basta-me sustentar duas coisas: que são tradições populares; e que, sem essas tradições populares, teríamos nos preocupado com Alfred tanto quanto nos preocupamos com Eadwig.

Uma outra consideração precisa de uma nota. Alfred chegou até nós da melhor forma (isto é, pelas lendas nacionais) unicamente pelo mesmo motivo que Arthur e Roland e os outros gigantes daquela escuridão, porque ele lutou pela civilização cristã contra o niilismo pagão. Mas como esse

---

[1] História em que Alfred, fugindo dos vikings, refugia-se na casa de uma camponesa. Ela pede-lhe para vigiar os seus bolos — pequenos pães — a assar ao lume, mas distraído pelos seus problemas, ele deixa os bolos queimarem e é duramente repreendido pela mulher.

[2] Charles Oman, historiador militar britânico, no livro *The Reign of Alfred— Later Years (879–900)—The King as Statesman and Scholar—The Last Danish War.*

trabalho foi realmente feito geração após geração, pelos romanos antes de se retirarem e pelos bretões enquanto permaneceram, resumi essa primeira cruzada em um símbolo triplo e dado a um romano, celta e saxão fictício, uma parte na glória de Ethandune. Imagino que, de fato, o Reino de Wessex de Alfred era de sangues muito misturados; mas, em todo caso, é o principal valor da lenda misturar os séculos enquanto preserva o sentimento; ver todas as eras em uma espécie de escorço esplêndido. Esse é o uso da tradição: ela evidencia a história.

G. K. C.

A BALADA DO CAVALO BRANCO

DEDICATÓRIA

De grandes membros transformados em caos,
Um grande rosto voltado para a noite –
Por que se curvar sobre uma mortalha disforme
Buscando em uma nuvem tão arcaica
A visão de senhores fortes e luz?

Onde sete Inglaterras submersas
Jazem enterradas uma a uma,
Por que uma pá ociosa, eu me pergunto,
Sacudiria a poeira dos nobres como um trovão
Para fumegar e sufocar o sol?

Na nuvem de barro lançada ao céu,
Que forma o homem discernirá?
Esses senhores podem iluminar o mistério
Do domínio ou da vitória,
E eles estão no topo da história,
Mas não retornarão.

Chifrado no estandarte normando,
O Dragão Dourado morreu:
Não acordaremos com cordas de balada
O bom tempo das coisas menores,
Não veremos os reis sagrados
Cavalgando ao lado do Severn.

Rigorosa, estranha e colorida
Como o bordado de Bayeux,
A Inglaterra daquela aurora, permanece,
E esta de Alfred e os dinamarqueses
Parece com os contos que uma tribo inteira finge ser

Inglesa demais para ser verdade.

De um bom rei em uma ilha
Que governou uma vez;
E quando ele passou por uma macieira,
Surgiram demônios verdes do mar
Com plantas marinhas se arrastando pesadamente
E rastros de lodo de opala.

No entanto, Alfred não é um conto de fadas;
Seus dias como nossos dias correram,
Ele também olhou por uma hora
Em planícies povoadas e céus mais baixos,
Daquelas poucas janelas na torre
Que é a cabeça de um homem.

Mas quem olhará do capuz de Alfred
Ou respirará seu sopro vivo?
Seu século como uma pequena nuvem escura
Flutua longe; é uma multidão sem olhos,
Onde as trombetas torturadas gritam alto
E as flechas densas cravam.

Senhora, por uma única luz
Que vemos nos olhos de Alfred,
Sabemos que ele viu através dos destroços
O sinal que está pendurado em seu pescoço,
Onde Alguém mais do que Melquisedeque
Está morto e nunca morre.

Portanto, trago esses versos para você
Que trouxe a cruz para mim,
Pois em você flamejante sem falhas
Eu vi o sinal que Guthrum viu
Quando deixou quebrar seus navios de temor
E sulcou a paz no mar.

Você se lembra de quando passamos
Sob a lua do dragão,
E no meio de matizes vulcânicos da noite
Caminhamos onde eles travaram a luta desconhecida
E viram árvores negras na altura da batalha,
Espinhos negros em Ethandune?

E pensei: "Irei com você,
Como o homem com Deus foi,
E vagarei com uma estrela errante,
O coração errante das coisas que existem,
A cruz ardente do amor e da guerra
Que, como você, continua."

Ó, vá em frente; onde você estiver,
Haverá honra e riso,
Além da floresta púrpura e da espuma perolada,
O pavilhão alado de Deus livre para vagar,
Seu rosto, que é um lar errante,
Um lar flutuante para mim.

Cavalgue pelas silenciosas terras do terremoto,
Largas como um deserto é grande,
Através destes dias como desertos, quando
O orgulho e uma pequena pena rabiscadora
Secaram e dividiram os corações dos homens,
Coração dos heróis, cavalgue.

Suba por uma casa vazia de estrelas,
Sendo o coração que você é,
Suba os desníveis inumanos do espaço
Como em uma escada, vá em graça,
Carregando a luz do fogo em seu rosto
Além da estrela mais solitária.

Pegue estes; em memória da hora,
Nos afastamos um pouco de casa

E vimos as aldeias esfumaçadas, pitorescas
Com o rei e o santo de Westland,
E observamos a glória do oeste desvanecer-se
Ao longo da estrada para Frome.

LIVRO I. A VISÃO DO REI

Antes que os deuses que criaram os deuses
Tivessem visto o nascer do sol passar,
O Cavalo Branco do Vale do Cavalo Branco
Estava cortado da grama.

Antes que os deuses que criaram os deuses
Tivessem bebido ao amanhecer,
O Cavalo Branco do Vale do Cavalo Branco
Estava envelhecido na colina.

Época após época em terras britânicas,
Eras após eras passadas,
Havia paz e guerra nas colinas ocidentais,
E o Cavalo Branco observava.

Pois o Cavalo Branco conheceu a Inglaterra
Quando não havia ninguém para conhecer;
Ele viu o primeiro remo quebrar ou entortar,
Ele viu o céu cair e o mundo acabar,
Ó Deus, há quanto tempo.

Pois o fim do mundo foi há muito tempo,
E todos nós habitamos hoje
Como filhos de algum segundo nascimento,
Como um povo estranho deixado na terra
Após um dia de julgamento.

Pois o fim do mundo foi há muito tempo,
Quando os confins do mundo se tornaram livres,
Quando Roma foi afundada em um deserto de escravos
E o sol se afogou no mar.

Quando o sol de César caiu do céu
E quem ouviu corretamente
Só pôde ouvir o mergulho
Das nações na noite.

Quando os confins da terra vieram marchando
Para a tocha e o brilho da crista.
E as estradas do mundo que levam a Roma
Estavam cheias de rostos que se moviam como
espuma,
Como rostos de sonho.

E os homens partiram das terras do leste,
Rio largo e planície ardente;
Árvores que são flores titãs de se ver,
E céus de tigre, listrados horrivelmente,
Com matizes de chuva tropical.

Onde os picos esmaltados do Ind surgem
Em torno daquele mais íntimo,
Onde antigas águias à sua beira,
Vastas como arcanjos, se reúnem e bebem
O sacramento do sol.

E os homens saem das terras do norte,
Terras enormes sozinhas,
Onde um feitiço é lançado sobre a vida e a luxúria
E a chuva se transforma em um pó prateado
E o mar em uma grande pedra verde.

E uma Forma que se move obscuramente
Em espelhos de gelo e noite
Empalideceu de medo todas as bestas e pássaros,
Como a morte e um choque de palavras malignas
Mancham o cabelo de um homem de branco.

E o grito das palmeiras e das luas púrpuras,

Ou o grito da geada e da espuma,
Varreu sempre um lugar recôndito,
E o estrondo de raça distante após raça
Gritava e respondia ao redor de Roma.

E houve morte sobre o Imperador
E noite sobre o papa:
E Alfred, escondido na grama densa,
Endureceu seu coração com esperança.

Um povo-do-mar mais cego do que o mar
Surgiu ao redor de sua terra,
Mas Alfred se deparou com eles nu
E agarrou o chão e agarrou o ar,
Cambaleou, e se esforçou para ficar de pé.

Ele os curvou para trás com lança e espada,
Com diques e muros desesperados,
Com inimigos apoiados em seu escudo
E rugindo sobre ele enquanto cambaleava;
E nenhuma ajuda veio.

Ele os quebrou com uma espada quebrada
Um pouco em direção ao mar,
E por uma hora de paz ofegante,
Cercado por um rugido que não cessava,
Com coroa de ouro e lã cingida
Fez leis sob uma árvore.

Os nórdicos chegaram à nossa terra
Como um cavalheirismo sem Cristo:
Que não conheciam o arco ou a pena,
Grandes, belos homens estúpidos
Do nascer do sol e do mar.

Navios disformes estavam nas profundezas
Cheios de ouro e fogo estranhos,

E homens peludos, tão grandes quanto o pecado
Com cabeças com chifres, vinham vadeando
Através do longo e baixo pântano do mar.

Nossas cidades foram sacudidas por reis altos
Com barbas escarlates como sangue:
O mundo ficou vazio por onde eles pisaram,
Eles pegaram a gentil cruz de Deus
E a cortaram para fazer madeira.

Suas almas estavam à deriva como o mar,
E todas as boas cidades e terras
Que eles só viram com olhos pesados,
E quebraram com mãos pesadas;

Seus deuses eram mais tristes que o mar,
Deuses de vontade errante,
Que clamavam por sangue como animais à noite,
Tristemente, de colina em colina.

Eles pareciam árvores andando na terra,
Tão estúpidos e altos,
Mas eles se apegaram aos céus
E nenhuma ajuda veio.

Eles procriaram como pássaros nas florestas inglesas,
Criaram raízes como a rosa,
Quando Alfred veio a Athelney
Para esconder-se de seus arcos.

Não restava armadura inglesa,
Nem nada inglês,
Quando Alfred veio a Athelney
Para ser um rei inglês.

Pois terremoto engolindo terremoto
Rachou a árvore Wessex;

O redemoinho do domínio pagão
Havia girado seus antepassados como gravetos
Quando uma inundação atinge o mar.

E os grandes reis de Wessex
Se cansaram e afundaram em sangue,
E até mesmo seus fantasmas naquela grande tensão
Ficaram cada vez mais cinzentos, cada vez menores,
Com os senhores que morreram em Lyonesse
E o rei que não volta mais.

E o Deus do Dragão Dourado
Ficou mudo em seu trono,
E o senhor do Dragão Dourado
Correu sozinho na floresta.

E se alguma vez ele escalou a crista da sorte
E colocou a bandeira diante,
Voltando como uma roda volta,
Veio a ruína e a chuva que queima,
E tudo começou mais uma vez.

E nada restou ao Rei Alfred
Senão lágrimas vergonhosas de raiva,
Adentro da ilha no rio
No final de toda a sua idade.

Adentro da ilha no rio,
Ele caiu de joelho:
 E leu, escrito com uma pena de ferro,
Que Deus cansou dos homens de Wessex
E deu seu país, campos e pântanos,
Aos demônios do mar.

E ele viu em uma pequena pintura,
Minúscula e tão distante,
Sua mãe sentada na sala de Egbert,

E um livro que ela mostrou a ele, muito pequeno,
Onde uma Maria cor de safira estava sentada em um estábulo
Com um Cristo dourado brincando.

Foi forjado à maneira lenta do monge,
Em prata e concha sanguínea,
Onde as cenas são pequenas e terríveis,
Fechaduras do céu e do inferno.

Na ilha fluvial de Athelney,
Com o rio correndo através,
Nas cores de um credo tão simples,
Todas as coisas saltaram sobre ele, sol e ervas daninhas,
Até que a grama se tornou realmente grama
E a árvore finalmente era uma árvore.

As flores cresceram terrivelmente simples,
Como o livro infantil para ler,
Ou como o rosto de um amigo visto em um espelho;
Ele olhou; e lá estava Nossa Senhora,
Ela parou e acariciou a grama alta e viva
Como um homem acaricia seu corcel.

Seu rosto era como uma palavra aberta
Quando homens corajosos falam e escolhem,
As próprias cores de seu casaco
Eram melhores que boas notícias.

Ela não falou, nem se virou,
Nem deu qualquer sinal,
Apenas ela se levantou ereta e livre,
Entre as flores em Athelney
E o rio que passava.

Uma obscura joia ancestral pendurada

Em sua armadura arruinada cinza,
Ele a rasgou e atirou aos pés dela:
Onde, depois de séculos, com passos lentos,
Os homens vieram do corredor, da escola e da rua
E a encontraram onde estava.

"Mãe de Deus", disse o andarilho,
"Eu sou apenas um Rei comum,
Nem vou pedir o que os santos podem pedir,
Para ver algo secreto.

"Os portões do céu são portões terríveis,
Piores do que os portões do inferno;
Eu não quebraria os esplendores trancados
Ou procuraria saber o que eles guardam,
O que é bom demais para contar.

"Mas para esta terra mais lamentável,
Esta pequena terra que eu conheço,
Se aquilo que é para sempre é,
Ou se nossos corações se partirão de felicidade,
Vendo o estranho partir?

"Quando nosso último arco for quebrado, Rainha,
E nosso último dardo lançado,
Sob um triste e verde céu noturno,
Segurando uma cruz arruinada no alto,
Sob a quente grama de Westland,
Devemos finalmente voltar para casa?"

E veio uma voz humana, mas alta,
Como um chalé escalado entre as nuvens;
Ou um servo de cabana e campo
Que se senta ao lado do fogo de seu casebre com
frequência,
Mas ouve em seu velho telhado nu no alto
Um campanário explodir em música.

"Os portões do céu estão levemente trancados,
Não protegemos nosso ganho,
A corça mais pesada pode facilmente
Vir silenciosa e repentinamente
Sobre mim em uma trilha.

"E qualquer mocinha que anda
Separada em bons pensamentos,
Pode quebrar a guarda dos Três Reis
E ver as coisas queridas e terríveis
Que escondi dentro do meu coração.

"O homem mais mesquinho nos campos cinzentos
Oculto sob o pôr-do-sol,
Ouve entre estrela e outra estrela,
Através da porta da escuridão entreaberta,
O conselho, a mais antiga das coisas que existem,
A conversa dos Três em Um.

"Os portões do céu estão levemente trancados,
Nós não guardamos nosso ouro,
Os homens podem arrancar onde os mundos começam,
Ou ler o nome do pecado sem nome;
Mas se ele falhar ou se ele vencer,
Nenhum homem bom será informado.

"Os homens do Oriente podem soletrar as estrelas,
E os tempos e os triunfos marcam,
Mas os homens marcados na cruz de Cristo
Seguem alegremente no escuro.

"Os homens do Oriente podem procurar nos
pergaminhos
Por destinos certos e fama,
Mas os homens que bebem o sangue de Deus
Seguem cantando para sua vergonha.

"Os sábios sabem que coisas perversas
Estão escritas no céu,
Eles acendem lâmpadas tristes, tocam cordas tristes,
Ouvindo as pesadas asas púrpuras,
Onde os reis serafins esquecidos
Ainda planejam como Deus morrerá.

"Os sábios conhecem todas as coisas
Más sob as árvores retorcidas,
Onde os perversos no prazer anseiam
E os homens estão cansados de vinho verde
E enojados de mares carmesim.

"Mas você e todo o tipo de Cristo
São ignorantes e corajosos,
E você tem guerras que dificilmente ganha
E almas que dificilmente salva.

"Não lhe digo nada para seu conforto,
Sim, nada para seu desejo,
Exceto que o céu escurece ainda mais
E o mar se eleva mais alto.

"A noite será três vezes noite sobre você,
E o céu uma capa de ferro.
Você tem alegria sem causa,
Sim, fé sem esperança?"

Mesmo enquanto ela falava, ela não ia,
Nem qualquer palavra disse ele,
Ele apenas ouvia, parado enquanto permanecia
Sob o capuz da velha noite,
O povo-do-mar derrubando a floresta
Como uma maré alta vinda do mar.

Ele apenas ouviu os homens pagãos,
Cujos olhos são azuis e sombrios,

Cantando sobre alguma coisa cruel
Feita por um grande e sorridente rei
À luz do dia em um convés.

Ele apenas ouviu os homens pagãos,
Cujos olhos são azuis e cegos,
Cantando que coisas vergonhosas são feitas
Entre o mar ensolarado e o sol
Quando a terra é deixada para trás.

LIVRO II. A REUNIÃO DOS CHEFES

Atravessou desertos ventosos e subiu
Alfred sobre as margens,
Abalado pela alegria dos gigantes,
A alegria sem causa.

Nas encostas das baías ocidentais,
Onde nunca sopra uma árvore,
Ele lavou sua alma no vento oeste
E seu corpo no mar.

E ele começou a rimar suas medidas de cerveja,
E ele cantou em voz alta suas leis,
Por causa da alegria dos gigantes,
A alegria sem causa.

O rei foi reunir os homens de Wessex,
Como grãos extraídos do joio
Os poucos que estavam vivos para morrer,
Rindo, como crânios espalhados que jazem
Após batalhas perdidas se voltam para o céu
Uma risada eterna.

O rei foi reunir homens cristãos,
Como trigo extraído da casca;
Eldred, o Franklin à beira-mar,
E Mark, o homem da Itália,
E Colan da Árvore Sagrada,
Da velha tribo de Usk.

A gralha grasnava pesadamente na direção de casa,
O oeste estava claro e quente,

A fumaça da comida noturna e da tranquilidade
Erguia-se como uma árvore azul nas árvores
Quando ele chegou à fazenda de Eldred.

Mas a fazenda de Eldred estava arruinada,
Como os ossos de um velho aleijado,
E as ferramentas de Eldred estavam vermelhas de
ferrugem,
E em seu poço havia uma crosta verde,
E cardos roxos se projetavam para cima,
Entre as pedras da cozinha.

Mas a fumaça de algum bom banquete
Subia cada vez mais,
E as portas de Eldred estavam escancaradas
Para pés vadios ou carroças de trabalho,
E o grande e tolo coração de Eldred
Permanecia aberto como sua porta.

Um homem poderoso era Eldred,
Um barril volumoso para encher,
Seu rosto uma fornalha de sonho,
Seu corpo uma colina ambulante.

Nas antigas guerras de Wessex,
Sua espada havia afundado profundamente,
Mas todos os seus amigos, ele assinou e mencionou,
Foram derrotados por Ethelred;
E entre a bebida profunda e os mortos
Ele caiu assim no sono.

"Não venha a mim, Rei Alfred, economize sempre
para a cerveja:
Por que minhas cervas inofensivas devem ser mortas
Porque os chefes gritam mais uma vez,
Como em todas as lutas, que venceremos,
E em todas as lutas falharemos?

"Seus escaldes ainda trovejam e profetizam
Aquela coroa que nunca chega;
Amigo, observarei as coisas certas,
Porcos e luas lentas como anéis de prata
E o amadurecimento das ameixas."

E Alfred respondeu, bebendo
E gravemente, sem culpa:
"Nem urso, eu me gabo de escalda ou rei,
O que eu carrego é uma coisa menor,
Mas vem em um nome melhor.

"Pela boca da Mãe de Deus,
Mais do que pelas portas da perdição,
Convoco a reunião de homens de Wessex,
De vilarejos fossos ou covis,
Para quebrarem e serem quebrados, Deus sabe quando,
Mas eu vi por quem.

"Da boca da Mãe de Deus
Como uma pequena palavra eu venho;
Pois vou reunindo homens cristãos
De pavimentação afundada, vala e pântano,
Para morrer em uma batalha, Deus sabe quando,
Por Deus, mas eu sei por quê.

"E esta é a palavra de Maria,
A palavra do desejo do mundo:
'Não obtereis mais consolo,
A não ser que o céu escureça ainda mais
E o mar suba mais alto'."

Então o silêncio afundou. E lentamente
Surgiu o senhor da terra-do-mar,
Como uma vasta besta para o mistério,
Ele encheu a sala e a varanda e o céu,
E de um prego empoeirado no alto

Desenganchou sua pesada espada.

Nas estridentes descidas do mar,
Alfred subiu sozinho,
Virando-se apenas uma vez depois que a porta foi
fechada,
Gritando para Eldred por cima de sua barrica,
Para que ele trouxesse todas as lanças para a cabana do
lenhador
Lavrada sob a Pedra de Egbert.

E ele virou as costas e quebrou a samambaia,
E lutou contra as mariposas do crepúsculo,
E seguiu seu caminho para outros amigos
Amigos caídos de todos os confins do mundo,
De Roma que a ira e o perdão enviam
E as tribos cinzentas em Usk.

Ele viu rastros gigantescos de morte
E muitas formas de perdição,
Boas propriedades para cinzas desaparecidas
E a casa de um monge branca como um esqueleto
Na cripta verde do vale.

E em muitas vilas romanas
A terra e suas heras comem,
Viram calçadas coloridas afundarem e murcharem
Em flores, e a colunata ventosa
Como o espectro de uma rua.

Mas as estrelas frias se aglomeraram
Entre os pinheiros frios
Antes que ele estivesse na metade de sua peregrinação
Sobre as linhas ocidentais.

E a aurora branca se alargou
Antes que ele chegasse ao último pinheiro,

Onde Mark, o homem da Itália,
Ainda fazia o sinal cristão.

A extensa fazenda ficava na grande encosta da colina,
Plana como um plano pintado,
E ao lado da casa baixa e branca,
Onde morava o homem do sul.

Um homem bronzeado, com olhos brilhantes de pássaro,
E um forte bico e testa de pássaro,
Sua pele era marrom como ouro enterrado,
E de algum de seus pais foi dito
Que eles vieram no navio brilhante de outrora,
Com César na proa.

Suas árvores frutíferas eram como soldados
Perfurados em linha reta,
Suas azeitonas estranhas e duras não falhavam,
E todos os reis da terra bebiam cerveja,
Mas ele bebia vinho.

Amplamente sobre as devastadas planícies britânicas,
Nunca havia um arco ou cúpula,
Apenas as árvores para sacudir e cambalear,
As tribos para brigar, as feras para guinchar;
Mas os olhos em sua cabeça eram fortes como aço,
E sua alma se lembrava de Roma.

Então Alfred da lança solitária
Ergueu sua cabeça de leão;
E diante dos olhos do italiano,
Perguntando-lhe de onde e por que,
O rei Alfred se levantou e disse:

"Eu sou aquele rei muitas vezes derrotado
Cujo fracasso enche a terra,

Que fugiu diante dos dinamarqueses de antigamente,
Que regateou os dinamarqueses com ouro,
Que agora no deserto de Wessex
Mal tem pés para ficar de pé.

"Mas da boca da Mãe de Deus
Eu vi a verdade como fogo,
Isto — que o céu escurece ainda mais
E o mar se eleva mais alto."

Longamente olhou o romano na terra;
As árvores como coroas douradas
Brilhavam, encharcadas com o amanhecer e o orvalho perolado
Enquanto mais fracamente coloridas, mais frescas onduladas,
As nuvens de baixo do mundo
Se erguiam sobre as colinas.

"Essas vinhas são cordas que me arrastam com força",
Disse ele. "Eu não vou longe;
Onde você se encontraria? Pois você deve manter
Metade de Wiltshire e o vale do Cavalo Branco,
E a margem do Tâmisa até Owsenfold,
Se Wessex entrar em guerra.

"Guthrum fica forte em qualquer margem
E você deve pressionar suas linhas
Para dentro e para o leste conduzi-lo para baixo;
Duvido que você tome a coroa
Até ter tomado a cidade de Londres.
Para mim, tenho as vinhas."

 "Se cada homem no Dia do Julgamento
Encontrar Deus em uma planície sozinho,"
Disse Alfred, "eu falarei por você
Como por mim mesmo, e diria que é verdade

Que você trouxe todos os guerreiros que você conhecia
Alinhados sob a Pedra de Egbert.

"Embora eu esteja no pó antes disso,
Sei onde você estará."
E, de repente, empunhando sua lança,
Ele desapareceu como um medo élfico,
Onde os pinheiros altos se erguiam, fileira após fileira,
Árvore derrubando árvore.

Ele carregava sua lança ao ombro pela manhã
E ria para colocá-la,
Mas ele se apoiava em sua lança como em um cajado,
Com força e pouca vontade de rir,
Ou sempre que avistava um filhote ou bezerro
De Colan de Caerleon.

Pois o homem vivia em uma terra perdida
De pedregulhos e homens quebrados,
Em uma grande caverna cinza bem longe ao sul,
Onde uma densa floresta verde fechava a boca,
Dando escuridão em sua toca.

E o homem veio como uma sombra,
Da sombra das árvores druidas,
Onde Usk, com poderosos murmúrios,
Passando por Caerleon dos reis caídos,
Vai para mares fantasmagóricos.

O último de uma raça em ruínas—
Ele falava a língua dos gaélicos;
Seus parentes estavam na sagrada Irlanda,
Ou nos penhascos do País de Gales.

Mas sua alma estava com o povo de sua mãe,
Que era da ilha envolta pela chuva,
Onde Patrick e Brandan a oeste finalmente

Olharam para um mar sem terra
E o último sorriso do sol.

Sua harpa era esculpida e astuta,
Como faz o artesão celta,
Toda esculpida com formas retorcidas
Como muitas cobras sem cabeça.

Sua harpa era esculpida e astuta,
Sua espada rápida e afiada,
E ele ficava alegre quando segurava a espada,
Triste quando segurava a harpa.

Pois os grandes gaélicos da Irlanda
São os homens que Deus enlouqueceu,
Pois todas as suas guerras são alegres
E todas as suas canções são tristes.

Ele manteve a ordem romana,
Ele fez o sinal cristão;
Mas seus olhos muitas vezes ficavam cegos e brilhantes,
E o mar que se erguia nas rochas à noite
Subia à sua cabeça como vinho.

Ele fez o sinal da cruz de Deus,
Ele conhecia a oração romana,
Mas tinha irracionalidade em seu coração
Por causa dos deuses que existiam.

Mesmo aqueles que caminhavam sobre os altos penhascos,
Altos como as nuvens eram então,
Deuses de beleza insuportável,
Que partiam os corações dos homens.

E quer no assento ou na sela,

Quer com o cenho franzido ou com um sorriso,
Quer no banquete ou na luta,
Ele ouviu o barulho de um mar sem nome
Em uma ilha desconhecida.

Erguendo a grande hera verde
E abaixando a grande lança,
Alguém disse: "Sou Alfred de Wessex
E sou um rei conquistado."

E o homem da caverna respondeu,
E seus olhos eram estrelas de escárnio:
"E melhores reis foram conquistados
Ou seus antepassados se criaram.

"Que deusa era sua mãe,
Que fé sua raça gerou,
Para que você não morresse com Uther,
E Arthur e Lancelot?

"Mas quando você ganha, você se gaba e explode,
E quando você perde, você ataca,
O exército de rústicos do leste
Não é forte o suficiente para falhar."

"Eu não trago vanglória ou críticas",
Disse Alfred sem ira,
"Trago de Nossa Senhora um conjunto de lições,
Isto — que o céu fica mais escuro ainda
E o mar se eleva mais alto."

Então Colan da Árvore Sagrada
Jogou sua crina negra para o alto
E gritou, enquanto se levantava rigidamente,
"E se o mar e o céu forem inimigos,
Nós domaremos o mar e o céu."

Sorriu Alfred, "Procurais uma fábula
Mais vertiginosa e mais terrível
Do que todos os vossos contos bárbaros loucos
Onde o céu está de cabeça para baixo?

"Uma história em que um homem olha para o céu
Que há muito tempo olhava para ele;
Uma história em que um homem pode engolir um mar
Que pode engolir os serafins.

"Traga para a cabana perto da Pedra de Egbert
Todas as contas e arcos que você tem."
E Alfred partiu rapidamente, e Colan da Árvore Sagrada
Voltou lentamente para sua caverna.

LIVRO III. A HARPA DE ALFRED

Em uma árvore que se escancarava e retorcia,
Os poucos bens do rei foram jogados,
Um livro de missa mofado, linha por linha,
E armas e um odre de vinho,
E uma velha harpa sem corda.

Ao lado da árvore escancarada no crepúsculo,
O Rei soltou sua espada,
Cortou a harpa de todos os seus bens,
E lá na floresta fresca e silenciosa
Soou um único acorde.

Então riu; e observou os tentilhões brilharem,
As moscas taciturnas em enxame,
E foi desarmado pelas colinas,
Com a harpa em seu braço,

Até que ele chegou ao Vale do Cavalo Branco
E viu através das planícies,
No crepúsculo alto e distante e caiu,
Como os terraços de fogo do inferno,
As fogueiras dos dinamarqueses—

Os fogos do Grande Exército
Que era feito de homens de ferro,
Cujas luzes de sacrilégio e escárnio
Corriam pela Inglaterra vermelhas como a manhã,
Fogos sobre Glastonbury Thorn —
Fogos em Ely Fen.

E enquanto ele passava pelo Vale do Cavalo Branco

Ele viu jazer pálido e largo
O velho cavalo esculpido, Deus sabe quando,
Por deuses ou bestas ou que coisas então
Caminhava um novo mundo em vez de homens
E rabiscado na encosta da colina.

E quando ele chegou à colina do Cavalo Branco,
O grande Cavalo Branco estava cinza,
Pois estava mal limpo de ervas daninhas,
E líquen e espinho podiam rastejar e se alimentar,
Já que os inimigos de casas e credos estabelecidos
Haviam varrido as velhas obras.

O rei Alfred olhou tristemente
Para o cardo e o musgo cinza,
Até que um grupo de dinamarqueses com escudo e
bico
Rolou bêbado sobre a cúpula da colina e,
Ouvindo falar de sua harpa e habilidade,
Eles o arrastaram para seu jogo.

E enquanto eles passavam pela grama alta e verde,
Eles rugiam como o grande mar verde;
Mas quando chegaram à fogueira vermelha do
acampamento,
De repente ficaram em silêncio.

E conforme eles subiam os desertos,
Eles iam cambaleando para lá e para cá;
Mas quando chegaram à fogueira vermelha do
acampamento,
Ficaram todos enfileirados.

Pois dourado à luz do fogo,
Com um sorriso esculpido em seus lábios
E uma barba encaracolada astuciosamente,
Era Guthrum do Mar do Norte,

O imperador dos navios—

Com três grandes condes, o Rei Guthrum
Ia de fogo em fogo,
Com Harold, sobrinho do Rei,
E Ogier da Pedra e Funda,
E Elf, cujo alaúde de ouro tinha uma corda
Que suspirava como todo desejo.

Os Condes do Grande Exército
Que nenhum homem nascido poderia cansar,
Cujas chamas perto dele ou distantes
Tomaram conta de torres ou paredes de prova,
Disparam sobre o telhado de Glastonbury
E sobre Ely, disparam.

E Guthrum ouviu a história dos soldados
E mandou o estranho tocar;
Não severamente, mas como alguém no alto,
Em um pilar de mármore no céu,
Que vê todas as pessoas que vivem e morrem —
Pigmeus e distantes.

E Alfred, rei de Wessex,
Olhou para seu conquistador —
E suas mãos endureceram; mas ele tocou,
E deixando todos os ódios posteriores não ditos,
Ele cantou sobre algum antigo ataque britânico
Na marcha do oeste selvagem de outrora.

Ele cantou sobre a guerra nos condados quentes e
úmidos,
Onde a chuva nem os frutos falham,
Onde a Inglaterra dos estados heterogêneos
Se aprofunda como um jardim até os portões
Nas paredes roxas do País de Gales.

Ele cantou sobre os mares de cabeças selvagens
E os mares e mares de lanças,
Fervendo por todo o Dique de Offa,
A que horas um grupo de Wessex poderia atacar
Os reis dos montanheses.

Até que Harold riu e agarrou a harpa,
O parente do Rei,
Um jovem grande, imberbe como uma criança,
A quem o novo vinho da guerra deixou selvagem,
Atingiu, e começou a cantar—

E ele gritou dos navios como águias
Que circulam ferozmente e voam,
Varrem os mares e atacam as cidades
De Chipre até Skye.

Com que rapidez e perigo
Eles coletam todas as coisas boas,
Os chifres altos das feras da floresta
Ou as pedras secretas dos reis.

"Pois Roma foi dada para governar o mundo,
E obter dele pouca alegria —
Mas nós, mas nós aproveitaremos o mundo,
Todo o imenso mundo um brinquedo.

"Grande vinho como o sangue da Borgonha,
Mantos como as nuvens de Tyre,
Mármore como o luar sólido
E ouro como o fogo congelado.

"Cheiros que um homem pode engolir em um copo,
Pedras que um homem pode comer
E as mulheres grandes e lisas como marfim
Que os turcos vendem na rua."

Ele cantou a canção do ladrão do mundo
E dos deuses que amam o ladrão;
E ele gritou em voz alta nos pátios do claustro,
Onde os homens vão recolhendo a dor.

"Bem, você cantou, ó estrangeiro,
Sobre a morte no dique no País de Gales,
Seu chefe era um doador de braceletes;
Mas o rio vermelho ininterrupto
De uma corrida não corre para sempre,
Mas de repente ele falha.

"Sem dúvida, seus senhores eram duelistas
Quando saíam da espuma,
Antes de serem transformados em mulheres
Pelo deus dos pregos de Roma;

"Mas desde que você se curvou para os homens barbeados,
Que nem cobiçam nem ferem,
Trovão de Thor, nós caçamos você
Uma lebre no alto da montanha."

O rei Guthrum sorriu um pouco
E disse: "Basta, sobrinho,
Deixe Elf reafinar a corda;
Um menino deve ter necessidades de berrar,
Mas os velhos ouvidos de um rei cuidadoso
Ficam contentes com canções menos rudes."

De olhos azuis era Elf, o menestrel,
Com cabelo e anel de mulher,
Mas pesada era sua mão na espada,
Embora leve sobre a corda.

E enquanto ele tocava as cordas da harpa
Até as notas quatro ou cinco,

O coração de cada homem se movia nele
Como um bebê enterrado vivo.

E eles sentiram a terra das canções folclóricas
Se espalhar ao sul do dinamarquês,
E eles ouviram o bom Reno fluindo
No coração de toda a Alemanha.

Eles sentiram a terra das canções folclóricas,
Onde os presentes pendurados na árvore,
Onde as meninas dão cerveja pela manhã
E as lágrimas vêm facilmente.

As pessoas poderosas, femininas,
Que têm prazer em sua dor
Enquanto ele cantava sobre o belo Balder,
A quem os céus amaram em vão.

Enquanto ele cantava sobre a beleza de Balder,
A quem os céus não poderiam salvar,
Até que o mundo fosse como um mar de lágrimas
E cada alma uma onda.

"Há sempre uma coisa esquecida
Quando o mundo vai bem;
Uma coisa esquecida, como outrora,
Quando os deuses esqueceram o visco,
E silenciosa como uma flecha de neve
Caiu a flecha da angústia.

"A coisa do lado cego do coração,
Do lado errado da porta,
A planta verde cresce, ameaçando
Os amantes onipotentes na primavera;
Sempre há uma coisa esquecida
E o amor não é seguro."

E todos os que estavam sentados perto do fogo
estavam tristes,
    Exceto Ogier, que era severo,
    E seus olhos endurecidos, mesmo para pedras,
    Enquanto ele pegava a harpa por sua vez;

    Conde Ogier, da Pedra e Funda,
    Era estranho de ouvir e ver,
    Velho ele era, mas seus cabelos eram vermelhos,
    E piadas eram todas as palavras que ele dizia,
    Mas ele estava triste na mesa e na cama
    E selvagem na luta.

    "Você canta facilmente sobre os jovens deuses
    Nos dias em que é jovem;
    Mas eu sigo cheirando teixo e grama,
    E sei que existem deuses por trás dos deuses,
    Deuses que é melhor não cantar.

    "E um homem fica feio para as mulheres,
    E um homem fica entorpecido com a cerveja,
    Bem, se ele encontrar em sua alma
    A última fúria, isso não falhará.

    "A ira dos deuses por trás dos deuses
    que rasgariam todos os deuses e homens,
    bem, se o coração do velho ainda tem
    rodas aceleradas de raiva e vontade rugindo,
    como cataratas para quebrar e matar,
    favorável para o velho então—

    "Enquanto houver um alto santuário para abalar,
    ou um homem vivo para rasgar;
    para a ira dos deuses atrás dos deuses
    que estão cansados de acabar.

    "Existe um momento para um homem

Quando a porta em seu ombro treme,
Quando a corda esticada se parte sob o puxão,
E o galho mais nu é belo
Em um momento, enquanto se quebra.

"Assim cavalga minha alma sobre o mar
Que bebe os navios uivantes,
Embora em brincadeira negra se curve e acene
Sob as luas com bastões de prata,
Sei que está rugindo para os deuses,
Esperando o último eclipse.

"E no último eclipse o mar
Se levantará como uma torre,
Acima de todas as luas escurecidas e fendidas,
Erguerá sua cabeça espumante no céu
E rirá, sabendo sua hora.

"E os elevados na feliz cidade
Sustentada pelos sete planetas,
Conhecerão uma nova luz na mente,
Um ruído ao seu redor e atrás deles,
Ouvirão uma voz terrível e encontrarão
Espuma nas cortes do céu.

"E você que está sentado perto do fogo é jovem,
E o verdadeiro amor espera por você;
Mas o rei e eu envelhecemos, envelhecemos,
E só o ódio é verdadeiro."

E Guthrum balançou a cabeça, mas sorriu,
Pois era um letrado poderoso
E lera linhas nos livros de latim
Quando todo o norte estava escuro.

Ele disse: "Sou mais velho que você, Ogier;
Nem todas as coisas eu destruiria,

Pois quer a vida seja boa ou ruim,
É melhor suportar o fim."

Ele pegou a grande harpa com cansaço,
Mesmo Guthrum dos dinamarqueses,
Com olhos arregalados brilhantes como um longo dia
Nas longas planícies polares.

Pois ele cantou sobre uma roda retornando,
E a lama voltando à lama,
E como infernos vermelhos e céus dourados
São castelos no fogo.

"É bom sentar-se onde vão as boas histórias,
Sentar-se como nossos pais se sentavam;
Mas chegará a hora depois de sua juventude,
Quando um homem não conhecerá histórias, mas a verdade,
E seu coração desfalecerá por isso.

"Quando ele ler o que está escrito
Tão claro em nuvens e torrões,
Quando ele tiver fome sem esperança
Até mesmo de deuses malignos.

"Pois este é um assunto pesado,
E a verdade é fria de dizer;
Não sabemos, não ouvimos,
A alma é como um pássaro perdido,
O corpo uma casca quebrada.

"E um homem espera, sendo ignorante,
Até que em bosques brancos à parte
Ele encontre finalmente o pássaro perdido morto:
E um homem ainda pode levantar sua cabeça,
Mas nunca mais seu coração.

"Não vem nenhum barulho além
Do choro do céu antigo,
E uma lágrima está na menor flor
Porque os deuses devem morrer.

"Os pequenos riachos são muito doces,
Como as fitas de uma menina enroladas,
Mas o grande mar é amargo
Que lava o mundo inteiro.

"Fortes são as rosas romanas,
Ou as flores livres da charneca,
Mas cada flor, como uma flor do mar,
Cheira com o sal da morte.

"E o coração da batalha travada
É o lugar mais feliz para os homens;
Quando almas gritando como flechas passam
E muitos morreram e todos podem morrer;
Embora esta palavra seja um mistério,
Está a Morte mais distante então.

"Resplandece a Morte brilhante acima da taça
E clara acima da coroa;
Mas nesse sonho de batalha
Parece que a pisamos.

"Portanto, eu sou um grande rei
E desperdiço o mundo em vão,
Porque o homem não tem outro poder,
Exceto o de dar a morte por dote,
Ele pode esquecê-la por uma hora
Para se lembrar dela novamente."

E lentamente suas mãos e pensativamente
Caíram da lira erguida,
E as corujas gemeram das árvores poderosas

Até que Alfred a pegou de joelhos
E a golpeou como em ira.

Ele ergueu bem alto a cabeça da harpa
E varreu a grade da estrutura,
E seu golpe tinha todo o chocalhar e faísca
De cavalos fugindo com força.

"Quando Deus colocou o homem em um jardim,
Ele cingiu-o com uma espada
E enviou-lhe um cavaleiro livre
Que poderia trair seu senhor;

"Ele o quebrou e o traiu,
E rápido e longe ele caiu,
Até que você e eu possamos esticar nossos pescoços
E queimar nossas barbas no inferno.

"Mas, embora eu esteja deitado no chão do mundo,
Com os sete pecados como varas,
Prefiro cair com Adão
Do que me levantar com todos os seus deuses.

"O que os deuses fortes deram?
Para onde os deuses alegres levaram?
Quando Guthrum se senta no trono de um herói
E pergunta se ele está morto?

"Senhores, sou apenas um homem sem nome,
Um versejador sem lar,
Mas desde que vim do barro de Wessex
E carrego a cruz de Roma,

"Responderei até mesmo ao poderoso conde
Que perguntou aos homens de Wessex
Por que eles são mansos e monges,
E se curvam ao jugo quebrado do Senhor Branco;

Que sinal temos de salvar sangue e fumaça?
Aqui está minha resposta então.

"Que sobre ti caiu a sombra,
E não sobre o Nome;
Que embora nos espalhemos e voemos,
E tu pairas sobre nós como o céu,
Estás mais cansado da vitória
Do que nós da vergonha.

"Que embora você cace o homem cristão
Como uma lebre na encosta da colina,
A lebre ainda tem mais coração para correr
Do que você para cavalgar.

"Que embora todas as lanças se partam contra você,
Todas as espadas sejam levantadas em vão,
Temos mais desejo de perder novamente
Do que você de vencer novamente.

"Seu senhor está sentado no alto da sela,
Um rei de coração partido,
Mas nosso rei Alfred, perdido da fama,
Caído entre inimigos ou laços de vergonha,
Em não sei o que significa comércio ou nome,
Ainda tem alguma canção para cantar;

"Nossos monges vão vestidos na chuva e na neve,
Mas o coração de chama está lá,
Mas você vai vestido em festas e chamas,
Quando tudo é gelo por dentro;

"Nem todas as condenações de ferro farão
Os homens mudos se perguntarem incessantemente,
Se não é melhor jejuar pela alegria
Do que festejar pela miséria.

"Nem a ordem monástica apenas desliza para baixo,
Como o campo para o pântano,
Todas as coisas alcançadas e escolhidas passam,
Como o Cavalo Branco desaparece na grama,
Não obra de homens cristãos.

"Antes que os tristes deuses que criaram seus deuses
Viram passar o triste nascer do sol,
O Cavalo Branco do Vale do Cavalo Branco,
Que você deixou para escurecer e falhar,
Foi cortado da grama.

"Portanto, seu fim está em você,
Está em você e seus reis,
Não para um incêndio em Ely fen,
Não que seus deuses sejam nove ou dez,
Mas porque são apenas homens cristãos
Que guardam até coisas pagãs.

"Pois nosso Deus abençoou a criação,
Chamando-a de boa. Eu sei
Que espírito com quem você se une cegamente
Abençoou a destruição com sua mão;
Ainda assim, pela morte de Deus, as estrelas permanecerão
E as pequenas maçãs crescerão."

E o Rei, com harpa no ombro,
Levantou-se e cessou sua canção;
E as corujas gemiam nas árvores poderosas,
E os dinamarqueses riam alto e por muito tempo.

LIVRO IV. A MULHER NA FLORESTA

O trovão denso dos porcos bufando,
Enormes no crepúsculo,
Rasgando entre todas as raízes que se agarram,
E os cavalos selvagens relinchando,
Eram os ruídos da noite quando o rei
Empunhando sua harpa voltou para casa.

Com olhos de coruja e pés de raposa,
Cheio de pensamentos ele foi;
Ele notou a inclinação do acampamento pagão,
A cerca de pinheiros, o vagabundo das sentinelas
E a única grande lâmpada de altar roubada
Sobre Guthrum em sua tenda.

Por arbustos e espinhos em Ethandune
Naquela noite, o inimigo jazia;
De onde corriam pela urze cinzenta
As velhas pedras de uma via romana;
E em uma floresta não muito longe,
A estrada pálida se dividia em duas.

Ele marcou a floresta e os caminhos fendidos
Com os olhos de um velho capitão,
E pensou quantas vezes ele tentou ver
O Destino que ele não podia ver;
Como a ruína veio e a vitória,
E ambas foram uma surpresa.

Mesmo assim, ele observou e se perguntou
Sob Ashdown das planícies;
Com Ethelred orando em sua tenda,

Até que o espinheiro branco balançasse e se dobrasse,
Enquanto Alfred avançava com suas lanças e rasgava
A parede de escudos dos dinamarqueses.

Mesmo assim, ele observou e se perguntou,
Não sabendo nem menos nem mais,
Até que todos os seus senhores estavam morrendo,
E machados sobre machados,
O arremessaram e o levaram voando
Como um pirata para a costa.

Sábio ele havia sido antes da derrota
E sábio antes do sucesso;
Sábio em ambas as horas e ignorante,
Sabendo nem mais nem menos.

Ao descer para a cabana do rio,
Ele sentiu um cheiro de sombra noturna,
Corujas como querubins malignos se levantam,
Com pequenas asas e olhos de lanterna,
Como se ele afundasse nos céus subterrâneos;
Mas para baixo e para baixo ele foi.

Ao descer para a cabana do rio,
Ele foi como alguém que caiu;
Vendo as altas cúpulas e mastros da floresta.
Verde escuro ou rasgado com cicatrizes douradas,
Como os orgulhosos olham para as estrelas do mal,
Nos céus vermelhos do inferno.

Pois ele deve encontrar na cabana do rio
Aqueles que ele ordenou armar,
Mark das torres da Itália,
E Colan da Árvore Sagrada,
E Eldred que perto do mar
Mantinha pesadamente sua fazenda.

O telhado se inclinava para a grama,
Como um cogumelo monstruoso;
Ecoante e vazio parecia o lugar;
Mas abriu em um pequeno espaço
Uma grande mulher cinza com rosto cheio de
cicatrizes
E olhos fortes e humildes.

O rei Alfred era apenas um homem magro,
De olhos brilhantes, mas esguio e pálido:
E sem espada, com sua harpa e trapos,
Ele parecia um mendigo, com demora
Procurando por crostas e cerveja.

E a mulher, com olhos de mulher
Ao mesmo tempo com pena e ira,
Disse, quando ela olhou fixamente:
"Há um bolo para qualquer homem
Se ele vigiar o fogo."

E Alfred, curvando-se pesadamente,
Sentou-se no fogo para atiçar,
E assim como a mulher teve pena dele,
Ele também teve pena dela.

Dizendo: "Ó grande coração na noite,
Ó melhor lançado para o pior,
O crepúsculo se derreterá e a manhã se agitará,
E nada de bom lhe acontecerá,
Até que Deus revire o mundo
E todos os últimos sejam os primeiros.

"E bem que Deus, com o servo,
Lançou em Sua terrível sorte;
Ele também não é um servo
E não foi esquecido?

"Pois não foi Deus meu jardineiro
E silencioso como um escravo;
Que abriu carvalhos nas terras altas
Ou moitas no cemitério deu?

"E não foi Deus meu armeiro,
Todo paciente e não pago,
Que selou meu crânio como um elmo
E fez costelas como cota de malha?

"Não foi um grande servo cinza
De todos os meus senhores e de mim
Que construiu este pavilhão dos pinheiros,
E pastoreou as aves e encheu as vinhas,
E trabalhou e passou e não deixou sinais
Exceto misericórdia e mistério?

"Pois Deus é um grande servo,
E ressuscitou antes do dia,
De algum sono primordial rasgado;
Mas todos nós que vivemos, nascidos depois,
Dormimos e nos levantamos após a manhã,
E o Senhor foi embora.

"Sobre as coisas meio surgidas do sono,
Todos os sóis sonolentos brilharam,
Eles estendem os braços rígidos, as árvores
escancaradas,
As feras piscam sobre as mãos e os joelhos,
O homem está acordado e faz e vê –
Mas o Céu fez e se foi.

"Pois quem adivinhará o bom enigma
Ou falará do Santo dos Santos,
Exceto em figuras fracas e palavras falhadas,
Que ama, mas ri entre as espadas,
Trabalha e está em repouso?

"Mas alguns veem Deus como Guthrum,
Coroado, com uma grande barba encaracolada,
Mas eu vejo Deus como um bom gigante
Que, labutando, ergue o mundo.

"Portanto, Deus estava no Gólgota,
Morto como um servo é morto;
E ódio Ele teve de príncipe e nobre,
E amor Ele teve e deu bom ânimo
Àqueles que, como esta mulher aqui,
Vão poderosamente em dor.

"Mas nesta manhã cinzenta da vida do homem,
Em algum momento vem à mente
Uma pequena luz que salta e voa,
Como uma estrela soprada pelo vento.

"Uma estrela do nada, uma estrela sem nome,
Uma luz que gira e rodopia,
E clama que mesmo nas cercas vivas e nas colinas,
Mesmo na terra, pode finalmente adoecer
Com os condes malvados.

"Uma faísca dançante, uma estrela duvidosa,
Rodopiada e impulsionada pelo vento desolado;
Mas parece cantar sobre um valor mais selvagem,
Um tempo renegado de desgraça e nascimento,
E o reino dos pobres na terra
Veio, como no céu.

"Mas, ainda que tais dias durem,
Que proveito lhe tirarão?
Quem irá gemendo para a sepultura,
Com muitos escravos mansos e poderosos,
Quebra-campos e pescadores nas ondas,
E lenhadores e carroceiros.

"Asse o grande mundo novamente
Um bolo com fermento mais gentil;
No entanto, eles lamentam cada vez mais –
A menos que haja uma portinha,
Uma portinha no céu."

E enquanto ele lamentava pela mulher,
Ele deixou os negócios dela para lá,
E como seu juramento real e imprudência,
A boa comida caiu sobre as cinzas
E escureceu instantaneamente.

Gritando, a mulher pegou um bolo
Ainda queimando do balcão
E atingiu Alfred de repente no rosto,
Deixando uma cicatriz escarlate.

O rei Alfred se levantou sem palavras,
Um homem morto de surpresa,
E a tortura se levantou e as coisas malignas
Que estão nos corações infantis dos reis
Um instante em seus olhos.

E mesmo enquanto ele estava parado e olhando
Atraiu ao seu redor no crepúsculo
Aqueles amigos rastejando de fazendas distantes,
Marcus com todos os seus escravos em armas,
E as estranhas lanças penduradas com antigos encantos
De Colan do Usk.

Com uma fazenda inteira marchando a pé,
A estrada pisoteada ressoa,
Lavradores   e   animais   de   fazenda   passando
desajeitadamente
E potes de hidromel e estoques de centeio,
Onde Eldred caminhava acima de seus
Cães altos e trovejantes.

E o gado cinzento e prateado mugia
Contra a manhã não erguida,
E a palha se agarrava às hastes altas das lanças.
E um menino ia adiante de todos eles
Tocando um chifre de carneiro.

Zombando de tal folia rude,
O sombrio clã dos Gael
Veio como o fim do enterro de um rei mau,
Com túnicas sombrias que caem e rasgam
E cachimbos demoníacos que lamentam—

Em roupas longas e estranhas,
Rasgadas, embora de valor antigo,
Com barbas e lanças druidas,
Como uma raça ressuscitada
Que surge de uma terra antiga.

E embora o rei os tivesse chamado
E os conhecesse como seus,
Tão quietos cada olho permanecia como uma joia,
Tão espectrais penduravam cada bainha bordada,
Homens entalhados cinzentos que ele imaginava,
Talhados na idade da pedra.

E os dois povos selvagens do norte
Ficaram frente a frente na escuridão,
E ouviram e conheceram cada um em sua mente
O terceiro grande trovão no vento,
As paredes vivas que cercam a humanidade,
As paredes ambulantes de Roma.

Os de Mark eram as tribos mistas do oeste,
De muitos matizes e linhagens,
Gurth, com cabelos crespos como grama amarela,
E o pescador da Cornualha, Gorlias
E Halmer, vindo de sua primeira missa,

Recentemente batizado, um dinamarquês.

Mas, como um homem de armadura,
Aquelas centenas trilharam o campo,
Da Arábia vermelha ao Tyne,
A terra ouviu aquela linha de marcha,
Desde o grito na colina Capitolina
E a queda do escudo dourado.

E a terra tremeu e o Rei ficou parado
Sob o galho de pau verde,
E o bolo fumegante estava a seus pés
E o golpe estava em sua testa.

Então Alfred riu de repente,
Como um trovão na primavera,
Até sacudir alto as vigas do lintel,
E os esquilos se mexerem em sonhos empoeirados,
E os pássaros assustados subirem em riachos,
Para o riso do rei.

E as feras da terra e os pássaros olharam para baixo,
Com uma solenidade selvagem,
Para uma visão mais estranha do que uma sílfide ou
elfo,
Para um homem rindo de si mesmo
Sob a árvore de pau verde—

A gargalhada gigante dos homens cristãos
Que ruge através de mil histórias,
Onde a ganância é um macaco e o orgulho é um burro,
E Jack está fora com a moça de seu mestre,
E o avarento é espancado com todo o seu bronze,
O fazendeiro com todos os seus manguais;

Contos que dão cambalhotas e contos que enganam,
Mas nem todos terminam em desprezo –

De reis e palhaços em uma situação alegre,
E o relógio deu errado e o mundo deu certo,
Que os saltimbancos cantam na noite de Natal
E no dia de Natal pela manhã.

"Agora, aqui está uma boa garantia",
Exclamou Alfred, "pela minha espada;
Pois aquele que é ferido por um servo doente
Deve ser um bom senhor.

"Aquele que foi servo
Sabe mais do que sacerdotes e reis,
Mas aquele que foi servo doente
Conhece todas as coisas terrenas.

"O orgulho arremessa palácios frágeis para o céu,
Como um homem arremessa a areia,
Mas os pés firmes da humildade
Se apoderam da terra pesada.

"O orgulho faz malabarismos com suas torres derrubadas,
Batem no sol e cessam,
Mas os pés firmes da humildade
Agarram o chão como árvores.

"Aquele que falhou em uma coisa pequena
Tem um sinal na testa;
 E os Condes do Grande Exército
Não têm tal selo para mostrar.

"A impressão vermelha em minha testa,
Pequena chama para uma estrela vermelha,
Na vanguarda da marcha violenta, então
Quando o céu é rasgado pelas dez trombetas,
E as mãos dos homens uivantes felizes
Escancaram os portões da guerra.

"Este golpe que eu devolvo
Não dez vezes, eu retornarei
A reis e condes de todos os graus,
E exércitos tão vastos quanto impérios deslizarão
Como deslizamentos de terra para o mar
Se a estrela vermelha queimar.

"Um homem conduzirá cem,
Como os reis mortos conduzem;
Diante de mim hostes de balanço serão divididas,
E coortes espancadas serão empurradas para trás,
Pois eu sou o primeiro rei conhecido do Céu
Que foi golpeado como um escravo.

"Na velha estrada branca, irmãos,
Nas muralhas romanas!
Pois esta é a noite do desembainhar das espadas,
E a torre maculada das hordas pagãs
Se inclina para nossos martelos, fogos e cordas,
Se inclina um pouco e cai.

"Siga a estrela que vive e salta,
Siga a espada que canta,
Pois vamos reunindo homens pagãos,
Uma colheita terrível, dez por dez,
Como a ira do último outono vermelho – então,
Quando Cristo ceifar os reis.

"Siga uma luz que pula e gira,
Siga o fogo desfraldado!
Pois se levanta contra o reino e a vara,
Uma coisa esquecida, uma coisa oprimida,
O último gigante perdido, até mesmo Deus,
Se levanta contra o mundo."

Rugindo eles ultrapassaram a muralha romana,
E rugindo pela alameda,

Suas tochas lançaram uma escada de fogo,
Mais alto seu hino foi ouvido e mais alto,
Mais doce para o ódio e para o desejo do coração,
E para cima no matagal e espinheiro do norte,
Eles caíram sobre o dinamarquês.

LIVRO V. ETHANDUNE: O PRIMEIRO GOLPE

O rei Guthrum era um rei terrível,
Como a morte vinda do norte;
Santuários sem nome ou número
Ele rasgou e rolou como madeira,
De Chester a Humber
Ele expulsou seus inimigos.

As vilas romanas o ouviram
No vale do Tâmisa,
Vindo pelas colinas rugindo
Acima de seus telhados e derramando
Em pináculos e escadas e pisos
Enxofre, piche e chamas.

Sobre as grandes terras altas de giz
E à colina do Cavalo ele foi,
Até que no alto dos faróis de Hampshire
Ele viu o mar do sul.

No alto das alturas de Wessex,
Ele viu a salmoura do sul
E o levou a uma terra conquistada,
E onde estão os espinheiros do norte
E as estradas se dividem em ambos os lados,
Veio a ele um sinal.

O rei Guthrum era um chefe guerreiro,
Um homem sábio no campo de batalha e,
Embora prosperasse bem e soubesse
Como o povo de Alfred era triste e poucos,

Não menos com grande cuidado ele traçou
Longas linhas para lanças e escudos.

O rei Guthrum jazia nas terras altas,
Em uma única estrada à vista,
E seu inimigo deveria vir com uma formação enxuta,
Subindo pelo braço esquerdo do caminho fendido,
Até o encontro dos caminhos.

E muito antes do barulho das armaduras,
Uma hora antes do raiar da luz,
A floresta acordou com estrondo e grito,
E os pássaros saltaram com um clamor áspero e alto,
E os coelhos correram como um exército de elfos
Antes que Alfred aparecesse.

A floresta viva chegou a Guthrum,
A pé, com garras e asas,
Os ninhos faziam barulho acima,
Para Alfred e a estrela vermelha,
Toda a vida surgiu, e a floresta fugiu
Diante da face do Rei.

Mas, parados nos caminhos da floresta,
Os poucos de Cristo eram sombrios e cinzentos,
E cada um com uma visão pequena e distante, como a
de um pássaro,
Viu a grande loucura da luta;
E embora estranhas alegrias tivessem crescido durante
a noite,
O desespero crescia com o dia.

E quando o alvorecer branco rastejou pela floresta,
Como a espuma fria de uma inundação,
Então enfraqueceu o humor de cada guerreiro,
Na esperança, embora não na dureza;
E cada homem se entristeceu enquanto permanecia

Na forma de seu sangue.

Pois o saxão Franklin lamentou
Pelas coisas que haviam sido justas;
Pela querida morta, vestida de carmesim,
E pelas grandes festas e pelos amigos que ele tinha;
Mas a alma do príncipe celta estava triste
Pelas coisas que nunca existiram.

Aos olhos italianos morreram todas as coisas
Menos um riso negro;
E Alfred jogou seu escudo no chão
E bateu em seu peito e gritou—

"Eu prejudiquei um homem para matá-lo,
E uma mulher para sua vergonha,
E uma vez vi uma donzela juramentada
Que era casada com o Santo Nome.

"E uma vez eu tomei a esposa do meu vizinho,
Que estava ligada a um homem do leste,
Na dureza da minha juventude maligna,
Antes que minhas dores começassem.

"Pessoal, se vocês tiverem alguma oração,
Façam orações por mim:
E coloquem-me sob uma pedra cristã
Naquela terra perdida que eu pensava ser minha,
Para esperar até que a trompa sagrada seja tocada
E todos os pobres homens sejam livres."

Então Eldred da fazenda ociosa
Apoiou-se em sua antiga espada,
Como caiu suas palavras pesadas e poucas;
E seus olhos eram de um azul tão estranho
Quanto os brilhos onde o nórdico navega
Para um fiorde desconhecido.

"Eu fui um tolo e desperdicei cerveja –
Meus escravos acharam doce;
Eu fui um tolo e desperdicei pão,
E os pássaros tinham pão para comer.

"Os reis sobem e os reis descem,
E quem sabe quem governará;
Na próxima noite um rei pode morrer de fome ou
dormir,
Mas homens, pássaros e animais chorarão
No enterro de um tolo.

"Oh, bêbados em meu porão,
Meninos em minha macieira,
O mundo se torna severo, estranho e novo,
E sábios os governarão
E vocês chorarão por mim.

"Mas junte-me meus próprios bois,
Até minha própria fazenda;
Meu próprio cachorro ganirá por mim,
Meus próprios amigos se ajoelharão
E os inimigos que matei abertamente
Nunca me desejaram mal."

E todos ficaram um pouco comovidos,
Mas Colan se afastou,
Primeiro tendo pena, e depois
Ouvindo, como um rato na viga,
Aquele pequeno verme de riso
Que come o coração irlandês.

E seus olhos verde-acinzentados eram cruéis,
E o sorriso de sua boca endureceu,
E ele disse: "E quando a Grã-Bretanha
Se tornou seu cemitério?

"Antes que os romanos incendiassem a terra,
Quando não havia escolas e monges,
Erigíamos pedras para o deus-sol
Que poderiam apagar o sol.

"As árvores altas da Grã-Bretanha
Nós adoramos e foram sábias,
Mas você deve invadir toda a terra
E nunca uma árvore falará com você,
Embora cada folha seja uma língua ensinada com verdade
E a floresta esteja cheia de olhos.

"Em uma colina arredondada em direção ao mar,
As árvores crescem altas e cinzentas
E as árvores conversam quando
Todos os homens estão fora.

"Sobre algumas colinas redondas esquecidas,
As árvores crescem altas em anéis,
E as árvores conversam sobre
Muitas coisas pagãs.

"No entanto, eu poderia mentir e ouvir
Com uma cruz sobre meu barro,
E ouvir ileso para sempre
O que as árvores da Bretanha dizem."

Um homem orgulhoso era o romano,
Seu discurso era único,
Mas seus olhos eram como os olhos de uma águia
Que está olhando para o sol.

"Cave para mim onde eu morrer", disse ele,
"Se eu cair primeiro ou por último –
Morto na queda na primeira carga,
Ou morto na parede de Wantage;

"Não levante minha cabeça do solo sangrento,
Não leve meu corpo para casa,
Pois toda a terra é terra romana
E eu morrerei em Roma."

Então Alfred, rei da Inglaterra,
Ordenou que tocassem as trompas de guerra
E lançassem o Dragão Dourado para fora,
Com estalos, aclamações e gritos,
Enrolado, em chamas e longe.

E sob o Dragão Dourado
Foi Wessex o tempo todo,
Passando pela ponta afiada dos caminhos fendidos,
Saindo da floresta negra para o brilho do sol,
Do aço e da música.

E quando chegaram à terra aberta,
Eles giraram, desdobraram-se e pararam;
No meio estavam Marcus e o Rei,
E Eldred na ala direita,
E à esquerda Colan às escuras,
Na última sombra da floresta.

Mas os Condes do Grande Exército
Jaziam como uma longa meia-lua,
Dez polos diante de suas paliçadas,
Com elmos de asas largas e gigantes vermelhos
De lâminas rúnicas de uma era de ataques,
Na terra espinhosa de Ethandune.

No meio, as selas se ergueram e balançaram,
E uma agitação das crinas dos cavalos,
Onde Guthrum e alguns cavalgavam alto
Em cavalos conquistados na vitória;
Mas Ogier foi a pé para morrer,
À moda antiga dos dinamarqueses.

Bem à esquerda do rei, Elf, o bardo,
Liderou na ala leste
Com canções e feitiços que mudam o sangue;
E à direita do rei estava Harold,
O parente do rei.

O jovem Harold, grosseiro, com cores alegres,
Fumegando com óleo e almíscar,
E a agradável violência dos jovens,
Abriu caminho entre seu povo, dando palavrões,
Onde, cinzas como teias de aranha,
Pendiam as bandeiras do Usk.

Mas quando ele se aproximou de sua linha
Um pouco adiante,
Seu rosto imberbe se encheu de alegria
E ele gritou: "Que pedaços quebrados de terra estão
aqui?
Por quanto valem suas roupas,
Eu as venderia por uma ninharia."

Pois Colan estava enfeitado com roupas
Esfarrapadas como folhas de outono,
E seus homens eram todos magros como santos
E todos pobres como ladrões.

Não carregavam arcos, fundas ou setas,
Mas pontas e lanças malfeitas;
E ninguém além de Colan empunhava uma espada,
E sua lâmina estava enferrujada.

E os olhos de Colan com mistério
E riso de ferro se agitaram,
E ele falou em voz alta, mas levemente
Sem se esforçar para ser ouvido.

"Oh, verdadeiramente estamos com o coração
quebrantado,
    Por essa causa, dizem,
    Acendemos nossas velas para aquele Senhor
    Que se partiu pelo pão.

"Mas, embora tenhamos amargamente
    A terra que o saxão deixou,
    Embora a Irlanda seja apenas uma terra de santos
    E o País de Gales uma terra de ladrões,

"Eu digo que você ainda deve se cansar
    Da obra de sua palavra,
    Que espíritos aflitos nunca atacam,
    Nem mãos magras seguram uma espada.

"E se você cavalga na Irlanda,
    A piada ainda pode ser dita,
    Lá é a terra dos corações partidos
    E a terra das cabeças quebradas."

Uma risada não menos bárbara
    Sufocou Harold como uma inundação,
    "E devo lutar com espantalhos
    Que são do sangue de Guthrum?

"A reunião pode ser de homens de guerra,
    Onde o melhor homem de guerra vence;
    Mas toda essa carniça um homem atira
    Antes que a luta comece."

E parando em seus passos adiante,
    Ele arrebatou um arco em escárnio
    De algum escravo mesquinho, e o curvou sobre
    Colan, cujo destino se tornou sombrio;
    E brilharam estrelas malignas sobre Caerleon,
    No lugar onde ele nasceu.

Pois Colan não tinha arco nem funda,
Em uma espada solitária ele se apoiou,
Como Arthur na Excalibur
Na batalha no mar.

Em seu grande brinco de ouro,
Harold puxou para trás a cauda emplumada,
E veloz disparou a flecha,
Mas mais veloz saltou o Gael.

Girando a única espada em volta da cabeça,
Uma grande roda ao sol,
Ele a lançou esplendidamente pelo céu,
Voando antes que a flecha pudesse voar –
Ela atingiu o conde Harold no olho
E o sangue começou a escorrer.

Colan ficou nu e desarmado,
Conde Harold, como em dor,
Esforçando-se por um sorriso, colocou a mão na
cabeça,
Tropeçou e de repente caiu morto;
E as pequenas margaridas brancas ficaram vermelhas
Com o sangue que saiu de seu cérebro.

E tudo naquela maravilha da espada,
Lançada como uma pedra para matar, gritou.
Disse Alfred: "Quem quer ver sinais,
Deve dar todas as coisas. Em verdade,
O homem não provará a vitória
Até que jogue fora sua espada."

Então Alfred, príncipe da Inglaterra,
E todos os condes cristãos,
Desengancharam suas espadas e as ergueram,
Cada uma oferecida a Colan, como uma taça
De crisólito e pérolas.

E o Rei disse: "Tome minha espada
Que fez este ato de fogo,
Pois esta é a maneira dos homens cristãos,
Seja de aço ou de pena sacerdotal,
Que lançam seus corações fora de seu alcance
Para obter o desejo de seus corações.

"E se você jurar um bando de monges,
Ou uma bela esposa a um amigo,
Esta é a maneira dos homens cristãos,
Que seu juramento dura até o fim.

"Por amor, nosso Senhor, no fim do mundo,
Senta-se um cavalo vermelho como um trono,
Com um elmo de bronze e um arco de ferro,
Mas uma flecha só.

"Amor com o escudo do Coração Partido
Sempre seu arco se dobra,
Com uma única flecha para um único prêmio,
E o último raio que se parte e voa
Vem com um trovão de céus divididos,
E um som de almas que se partem.

"Assim você ganhará a espada de um rei,
Que jogou sua espada fora."
E o Rei pegou, com um olhar aleatório,
Um rude machado de um criado bem perto
E o colocou na luta.

Pois as espadas dos condes dinamarqueses
Flamejaram ao redor do senhor caído.
O primeiro sangue acordou a melodia da trombeta,
Como na rima do monge ou na runa do mago,
Começa a batalha de Ethandune
Com o lançamento da espada.

LIVRO VI. ETHANDUNE: O ASSASSINATO DOS CHEFES

Enquanto o mar inundando as areias planas
Voou sobre a horda nascida no mar,
As duas hostes chocadas com poeira e barulho,
À esquerda do paladino laciano,
Retiniram todos os parentes uivantes do Príncipe Harold
Em Colan e na espada.

Caiu no meio de Marcus,
Ogier com Guthrum perto,
E a leste de tal agitação central,
Bem à direita e mais fraca,
A casa de Elf, o tocador de harpa,
Atingiu a de Eldred com um grito.

O centro golpeou por cansaço,
Contendo a horda que gritava,
E cansadas foram as mãos de Colan
Que brandiam a espada do Rei Alfred.

Mas como uma nuvem da manhã
Para o leste facilmente,
O alto Eldred quebrou o mar de lanças
Como um grande navio quebra o mar.

Seu rosto como um pôr do sol otimista,
Seu ombro um Wessex para baixo,
Sua mão como um golpe de martelo ventoso;
Os homens não podiam contar as cristas que ele quebrou,

Tão rápido que as cristas desceram.

Como o alto demônio branco da Peste
Se move para fora dos céus da Ásia,
Com o pé em um desperdício de cidades
E sua cabeça em uma nuvem de moscas;

Ou céus roxos e de pavão escurecem
Com uma torre de gafanhotos em movimento;
Ou ventos de areia fulvos altos e secos,
Como as bandeiras vermelhas do inferno batem e
voam,
Quando a morte sai da Arábia,
Era Eldred em sua hora.

Mas enquanto ele se movia como um massacre,
Ele murmurava como se estivesse dormindo,
E suas palavras eram todas sobre sebes baixas,
Pequenos campos e ovelhas.

Mesmo enquanto caminhava como uma pestilência,
Que avança do Reno para Roma,
Ele pensou em como seus feijões poderiam crescer
Se ele voltasse para casa.

Falou alguma oração infantil rígida,
Monótona como os carrilhões distantes,
Que agradecia ao nosso Deus pela boa comida,
Pelo milho e pelos momentos de silêncio—

Até que no elmo de um grande chefe
Caiu estilhaçante sua marca,
E o elmo quebrou e o osso quebrou
E a espada quebrou em sua mão.

Então, dos gritos dos nórdicos
Lançados contra ele,

Saíram sete lanças completas,
E a sétima nunca foi feita pelo homem.

Sete lanças, e a sétima
Foi forjada como as lâminas das fadas,
E dada a Elf, o menestrel,
Pelas monstruosas donzelas da água;

Por aqueles que habitam onde as águas
Sinistramente perdidas do Reno
Se movem entre as raízes das nações,
Sendo afundadas por um sinal.

Sob todas as sepulturas eles murmuram,
Eles murmuram e se rebelam,
Rastejam até os reinos enterrados,
E como uma chuva perdida rugem e choram
Sobre os céus vermelhos do inferno.

Três vezes afogado foi Elf, o menestrel,
E lavado como morto na areia;
E na terceira vez que os homens o encontraram,
A lança estava em sua mão.

Sete lanças cercavam Eldred,
Como estais sobre um mastro;
Mas havia tristeza à beira-mar
Pela condução do último.

Seis lanças lançadas sobre Eldred
Foram estilhaçadas enquanto ele ria;
Uma lança enfiada em Eldred,
Um metro de lâmina e eixo.

E do grande coração saiu
Dolorosamente a flecha e a lâmina,
E ele ficou com o rosto de um homem morto,

Ficou um pouco parado e balançou—

Então caiu, como cai uma torre de batalha,
Em lanças quebradas e lutando.
Derrubado de alguma cidade não conquistada que,
Correndo em direção à terra, carrega
Cargas de homens vivos de todos os renomes –
Arqueiros e engenheiros.

E um grande clamor de homens cristãos
Levantou-se em agonia,
Gritando: "Caiu a torre de Wessex
Que ficava à beira-mar".

Ao centro e à direita, a guarda de Wessex
Empalideceu de dúvida e medo,
E o flanco falhou no avanço,
Para a luz da morte na lança do mago –
A estrela da lança do mal.

"Fique como um carvalho", gritou Marcus,
"Fique como uma muralha romana!
Eldred, o Bom, caiu –
Você é bom demais para cair?

"Quando estávamos pálidos e sem sangue,
Ele deu a você cerveja agora;
Os piratas o tratam como esterco,
Deus! Você está sem sangue agora?"

"Agarrem-se, Wulf e Gorlias, agarrem-se às cinzas!
Escravos, e eu os libertarei!
Pise, Hildred com força na terra inglesa,
Levante-se Gurth, levante-se Gorlias, Gawen levante-
se!

Segure, Halfgar, com a outra mão,
Halmer, segure-se em pé!

"As lâmpadas estão morrendo em suas casas,
As frutas em seus galhos;
Mesmo agora sua velha palha arde, Gurth,
Agora é o julgamento da terra,
Agora é o aperto da morte, agora!"

Para o trovão do capitão,
Não menos a linha de Wessex,
Inclinou-se para trás e cambaleou um espaço para trás
Enquanto Elf atacava com a lança das donzelas do
Reno
E rugia como o Reno.

Pois os homens foram levados pelas paredes
ondulantes
De bosques e nuvens que passam,
Por planícies vertiginosas e mar à deriva,
E eles misturaram Deus com glamour,
Deus com os deuses da árvore em chamas
E a torre e vidro do mago.

Mas Mark veio das cidades brilhantes
Onde os detalhes brancos aparecem,
Onde os homens podem numerar e expor,
E sua fé cresceu em um terreno duro
De dúvida e razão e falsidade encontradas,
Onde nenhuma outra fé poderia crescer.

A crença que cresceu de todas as crenças
Um momento atrás foi destruída
E a crença que se baseava na descrença
Se levantou de ferro e sozinha.

O crescente de Wessex foi esmagado para trás,
Enquanto com uma lança ensanguentada
Elf rugia e atacava,
E Mark contra o Elf ainda gritando,

Chocado, no meio de sua carreira.

Bem no escudo e na espada romanos
Corria a lança das donzelas do Reno;
Mas o escudo nunca se moveu,
A espada desceu para cortar,
O grande Reno cantou para sempre
E as canções do Elf terminaram.

E um grande trovão de homens cristãos
Subiu contra o céu,
Dizendo: "Deus quebrou a lança do mal
Antes que o sangue do homem bom secasse".

"Lanças na carga!" gritou Mark rapidamente.
"Morte aos deuses da morte!
Sobre os tronos da desgraça e do sangue
Vai Deus, que é um bom artesão,
E ouro e ferro, terra e madeira,
Ama e trabalha.

"Os frutos brotam em todas as suas fazendas,
As lâmpadas em cada morada;
Deus de todas as coisas boas feitas na terra,
Todas as rodas ou teias de qualquer valor,
O Deus que faz o telhado, Gurth,
O Deus que faz a estrada.

"O Deus que esculpe reis em carvalho
Escreve canções em pergaminho,
Deus de ouro e vidro flamejante,
*Confregit potentias
Acrcuum, scutum, Gorlias,
Gladium et bellum.*"

Aço e relâmpagos quebraram sobre ele,
Baias de batalha e palmeiras,

Todos os reis do mar balançaram entre
As florestas de Wessex, braços erguidos,
A trombeta da língua romana, o trovão do salmo.

E no meio daquele campo ondulado
Corria Ogier furiosamente,
Atacando Mark, que desviou o golpe,
Quebrou o elmo em sua testa
E o quebrou de joelhos.

Então Ogier ergueu sobre a cabeça
Seu enorme escudo redondo de prova;
Mas Mark pôs um pé no escudo,
Outro em alguma rocha fendida erguida,
E elevou-se acima do campo de lançamento,
Uma estátua no abrigo.

Desferindo golpes distantes sobre a luta,
Como raios vagando,
Como pássaros sobre o campo de batalha,
Enquanto Ogier se contorcia sob seu escudo
Como uma tartaruga em sua cúpula.

Mas o ódio no Ogier enterrado
Era forte como a dor no inferno,
Com a mão bruta nua de dentro
Ele quebrou o escudo de bronze e couro,
E um golpe mortal no lado do romano
Enviado de repente e bem.

Então a grande estátua no escudo
Deu sua última olhada ao redor
Com olhar nivelado e imperial;
E Mark, o homem da Itália,
Caiu no mar de agonia
E morreu sem um som.

E Ogier, saltando vivo,
Arremessou seu enorme escudo voando,
Como quando um malabarista arremessa
Um prato zunindo em jogo.

E levantou os dois braços rigidamente,
E rugiu para todos os dinamarqueses:
"Roma caída, sim, caída
A cidade das planícies!

"Nenhum homem nascido se lembrará,
Aquele que quebra madeira ou solda,
Por quanto tempo ela permaneceu no teto do mundo
Enquanto ele permaneceu em meu escudo.

"O novo mundo selvagem a esquece
Como a espuma se desvanece no mar,
Quanto tempo ela ficou com o pé no Homem
Enquanto ele com o pé em mim.

"Não mais os homens morenos do sul
Se moverão como as formigas em filas,
Para homens quietos com olivas
Ou homens enlouquecidos com vinhas.

"Não mais as cidades brancas do sul,
Onde Tibre e Nilo correm,
Sentadas ao redor de um mar secreto,
Adoram um sol secreto.

"Os deuses cegos rugem pela Roma caída,
E o fórum e a guirlanda se foram,
Pois o gelo do norte se quebrou
E o mar do norte se aproxima.

"Os deuses cegos rugem, deliram e sonham
Com todas as cidades sob o mar,

Pois o coração do norte está partido
E o sangue do norte é livre.

"Descemos da cúpula do mundo que viemos,
Rios e rios abaixo,
Sob nós rodopiam as seitas e hordas
E as altas desgraças que afogamos.

"Descendo da cúpula do mundo e descendo,
Voando como um esquife
Em um rio em enchente é virado e girado
Até chegarmos ao fim do mundo
Que se abre, como um penhasco.

"E quando chegarmos ao fim do mundo
Para mim, considero adequado
Dar o salto como um bom rio,
Lançado gritando sobre ele.

"Mas o que acontece no fim do mundo,
Onde Nada é tocado e soa,
Não é, por Thor, esses homens monásticos,
Esses humildes cães de Wessex—

"Não é esta linha pálida de corças cristãs,
Esta fileira branca de homens,
Que nos manterá afastados do fim do mundo
E das coisas que acontecerão então.

"Não é a espada pequena de Alfred,
Nem a coroa de pigmeu de Egbert,
Que nos deterá agora que descemos em trovão,
Dilacerando os reinos e os reinos abaixo deles,
Descendo pelo mundo e descendo."

Havia isso nos homens selvagens atrás dele,
Havia isso em sua própria canção selvagem,

Um latejar vertiginoso, uma fumaça ébria,
Que atordoava até a morte todo o povo de Wessex
E brandiam suas lanças.

Em vão a espada de Colan
E o machado de Alfred dobraram –
Os dinamarqueses se espalharam como uma praga
Sem cérebro e não souberam quando morreram.

O príncipe Colan matou uma vintena deles
E foi atingido no joelho;
O rei Alfred matou uma contagem e sete
E foi carregado de volta em uma árvore.

De volta ao portão negro da floresta,
De volta ao caminho único,
De volta ao local da encruzilhada,
Os cavaleiros de Cristo foram levados para longe.

E quando eles chegaram aos caminhos de separação,
O martelo mais pesado do destino caiu,
Pois o Rei foi derrotado, cego, encurralado,
Na pista da direita com sua formação,
Mas Colan varreu o outro lado,
Onde desferiu grandes golpes e caiu.

Os bosques de espinhos sobre Ethandune
Permanecem afiados e densos como lanças;
À noite e tojo e danos na floresta
Longe separados estavam os amigos em armas;
Os altos golpes perdidos, os últimos alarmes,
Não chegavam aos ouvidos de Alfred.

Os bosques de espinhos sobre Ethandune
Permanecem rígidos como estacas em cota de malha;
Quanto ao alto Rei veio de manhã,
Morto Roland em um chifre duvidoso,

Parecia a Alfred suportar levemente
O último grito do Gael.

LIVRO VII. ETHANDUNE: O ÚLTIMO ATAQUE

Lá longe, na deserta colina do Cavalo Branco,
Uma criança ociosa sozinha
Jogava algum joguinho durante horas que passavam,
E pacientemente arrancava a grama,
Pacientemente empurrava a pedra.

Na borda esguia e verde para sempre,
Onde o giz branco tocava a relva,
A criança brincava, sozinha, divina,
Como uma criança brinca na última linha
Que separa a areia da arrebentação.

Pois ela habita em altas divisões
Simples demais para entender,
Vendo em que manhã de mistério
O Incriado rasgou o mar
Com rugidos, da terra.

Através das longas horas infantis, como dias,
Ela construiu uma torre em vão –
Empilhou pequenas pedras para fazer uma cidade,
E cada vez mais as pedras caíam,
E a criança as empilhava novamente.

E reis carmesins em torres de batalha,
E santos em pináculos góticos,
E eremitas em seus picos de neve,
E heróis em suas piras,

E patriotas cavalgando regiamente,

Que correm pela cidade agitada,
Estendem as mãos, têm fome e aspiram,
Procurando subir onde cada vez mais alto,
A criança que o tempo nunca pode cansar,
Canta sobre a colina do Cavalo Branco.

E este foi o poder de Alfred,
No final do caminho;
Que de tais batedores, sábios ou selvagens,
Ele estava menos distante da criança,
Empilhando as pedras o dia todo.

Pois Eldred lutou como um franco caçador
Que mata e vai para casa;
E Mark lutou porque todas as armas
Soavam como o nome de Roma.

E Colan lutou com uma mente dupla,
Mal-humorado e loucamente alegre;
Mas Alfred lutou com a seriedade
De uma boa criança brincando.

Ele viu rodas quebrarem e trabalharem para trás
E todas as coisas como estavam;
E seu coração era orbitado como a vitória
E simples como o desespero.

Portanto, Mark é esquecido,
Que era sábio com sua língua e corajoso;
E o monte de pedras sobre Colan desmoronou,
E a cruz no túmulo de Eldred.

Suas grandes almas foram levadas pelo vento,
E eles não têm conto ou túmulo;
E Alfred nascido em Wantage
Governa a Inglaterra até a desgraça.

Porque na floresta de todos os medos
Como uma estranha rajada fresca do mar,
Atingiu-o aquela antiga inocência
Que é mais do que maestria.

E como uma criança cujos tijolos caem
E os empilha de novo e de novo,
Veio a ruína e a chuva que queima,
Retornando como uma roda retorna,
E agachado no tojo e nas samambaias
Ele começou sua vida mais uma vez.

Ele pegou seu chifre de marfim
E sorriu, mas não com desdém:
"Termina a Batalha de Ethandune
Com o soar de um chifre."

Em um cavalo escuro na via dupla,
Ele viu o grande Guthrum cavalgar,
Ouviu o rugido do bronze e o ressoar do aço,
A risada e o toque da trombeta,
O pagão em seu orgulho.

E a cabeça vermelha e odiada de Ogier
Moveu-se em alguma conversa ou tarefa;
Mas os homens pareciam dispersos no espinheiro,
E alguns deles haviam acendido uma fogueira,
E um havia perfurado um barril.

E uma ou duas carroças se levantaram,
Como grandes navios à vista,
Como se um posto avançado estivesse acampado
Nos caminhos fendidos durante a noite.

E, alegres com a repentina permanência
Dos poucos derrotados de Alfred,
Sentaram-se sobre uma pedra para suspirar,

E alguns deslizaram pela estrada para fugir,
Até que Alfred, na samambaia,
Colocou uma trompa na boca e soprou.

E todos eles permaneceram como estátuas –
Um sentado na pedra,
Outro no meio da cerca viva de espinhos,
Um com uma perna atravessada na parede
E um olhando para trás, muito pequeno,
Longe na estrada, sozinho.

O crepúsculo cinzento e uma estrela amarela
Pairavam sobre o espinheiro e a colina;
Duas lanças e um escudo de guerra fendido
Estavam soltos na estrada como jogados fora,
O chifre morreu fraco no cinza da floresta
E os homens em fuga pararam.

"Irmãos de armas", disse Alfred,
"Deste lado está o inimigo;
A escravidão e a fome são flores
Que vocês deveriam colhê-las assim?

"Pois se é melhor ser cutucado
Com bastões dinamarqueses,
Tendo aberto uma câmara em uma vala,
E perseguido como uma bruxa uivante,
Ou defumado até a morte em buracos?

"Ou que antes que o galo vermelho cante
Todos nós, mil homens fortes,
Descemos a estrada escura para a casa de Deus,
Cantando uma canção de Wessex?

"Suar como escravo de uma raça de escravos,
Para beber a infâmia?
Não, irmãos, com licença, acho

Que a morte é uma cerveja melhor para beber,
E por todas as estrelas de Cristo que afundam,
Os dinamarqueses devem beber comigo.

"Envelhecer acovardado em uma terra conquistada,
Com o próprio sol despojado,
Ver as árvores se agacharem e o gado se esgueirar –
A morte é uma cerveja melhor para se beber,
E pela alta morte à beira do abismo
Aquele jarro irá girar.

"Embora mortos estejam todos os paladinos
Que a glória tinha em mente,
Embora todos os seus nobres com espadas de trovão
E corações orgulhosos tenham morrido entre os dinamarqueses,
Enquanto um homem resta, uma grande guerra permanece:
Agora é uma guerra de homens.

"Os homens que rasgam os sulcos,
Os homens que derrubam as árvores,
Quando todos os seus senhores estiverem perdidos e mortos,
Os servos da terra pisarão
Os tiranos dos mares.

"A roda da quietude estrondosa
De todos os trabalhos sob o sol,
Acelera o trabalho selvagem tão bem quanto, pelo menos,
O trabalho de todo o mundo é feito.

"Deixe Hildred cortar a parede de escudos
Como ele corta a cerca viva;
Deixe Gurth, o caçador de aves, ficar tão frio
Enquanto ele está à beira do abismo;

"Deixe Gorlias cavalgar os reis do mar
Como Gorlias cavalga o mar,
Então deixe todo o inferno e a Dinamarca conduzirem,
Gritando para todos os seus demônios vivos,
E nem um farrapo nos importamos."

Quando a palavra de Alfred terminou,
Manteve-se firme aquela linha débil,
Cada um em seu lugar com uma clava ou lança,
E a fúria mais profunda do que o medo profundo,
E os sorrisos amargos como salmoura.

E o rei ergueu a trompa e disse:
"Vejam a trompa de meu pai,
Que Egbert tocou em seu império,
Uma vez, quando cavalgava normalmente,
Duas vezes quando cavalgava para caçar
E três vezes na manhã de batalha.

"Mas destinos mais pesados caíram
Da trompa dos reis de Wessex,
E eu soprei uma vez, o sinal de equitação,
Para chamá-lo para a linha de combate
E glória e todas as coisas boas.

"E agora dois toques, o sinal de caça,
Porque voltamos para a baía;
Mas não darei os três toques,
Até que estejamos perdidos ou eles.

"E agora eu sopro o sinal de caça,
Carrego alguns com régua e bastão;
Mas quando eu sopro o sinal de batalha,
Carrego todos e vou para Deus."

Selvagem encarou os dinamarqueses nas vias duplas
Onde eles vadiavam, todos soltos,

Enquanto aquela linha escura pela última vez
Dobrou o joelho para atacar–

E pegou suas armas desajeitadamente
E se maravilhou como e por que–
Em tal grau, por regra e vara,
O povo da paz de Deus
Desceu rugindo para morrer.

E quando a última flecha
Foi ajustada e lançada,
Quando o escudo quebrado pendia no peito,
E a lança sem esperança foi colocada em repouso,
E a trompa sem esperança soou,

O Rei olhou para cima, e o que viu
Foi uma grande luz como a morte,
Pois Nossa Senhora estava sobre os estandartes
rasgados,
Tão solitária e inocente
Como quando entre paredes brancas ela foi
E os lírios de Nazaré.

Em um instante, em uma luz tranquila,
Ele viu Nossa Senhora,
Seu vestido era macio como o céu do oeste,
E ela era a rainha mais feminina –
Mas ela era a rainha dos homens.

Sobre a floresta de ferro
Ele viu Nossa Senhora parada,
Seus olhos estavam tristes sem arte,
E sete espadas estavam em seu coração –
Mas uma estava em sua mão.

Então a última investida foi às cegas,
E totalmente perdida de medo:

Os dinamarqueses se fecharam, um rugido ressoando,
E vinte clavas ergueram-se sobre o rei,
Quatro dinamarqueses cortaram-no, saudando,
E Ogier da Pedra e Funda
Atacou ele com uma lança.

Mas os dinamarqueses caíram na gargalhada,
E a grande lança girou amplamente,
A ponta presa a uma árvore dispersa,
E qualquer uma das hostes gritou de repente,
Quando Alfred saltou para o lado.

Pouco tempo teve o desgrenhado Ogier
Para puxar sua lança na linha –
Ele conhecia o machado do rei Alfred no alto,
Ele o ouviu correndo pelo céu,

Ele se encolheu sob ela com um grito –
Partiu-o até a espinha:
E Alfred saltou sobre ele morto
E soprou o sinal de batalha.

Então, explodindo tudo e destruindo,
Veio a cristandade como a morte,
Chutada por tais catapultas de vontade,
As aduelas estremecem, os barris derramam,
As carroças oscilam e batem e matam
Os carroceiros abaixo.

Barreiras recuam, estandartes se rasgam,
Grandes escudos gemem como um gongo –
Cavalos como chifres de pesadelo
Relincham horrivelmente e longamente.

Os cavalos saltam alto e balançam e fervem
E quebram suas rédeas douradas,
E deslizam na carnificina ruidosamente,

Para baixo onde jaz o sangue amargo,
Onde Ogier foi a pé para morrer,
No antigo caminho dos dinamarqueses.

"A maré alta!" O rei Alfred vociferou.
"A maré alta e a virada!
Como a maré vira nos mares altos e cinzentos,
Veja como eles vacilam nas árvores,
Como suas lanças se desviam, como batem nos joelhos,
Como queimam ferozmente suas fogueiras!

"A Mãe de Deus passa por cima deles,
Caminhando sobre o vento e as chamas,
E a nuvem de tempestade se afasta da cidade e do vale,
E o Cavalo Branco estampado no Vale do Cavalo Branco,
E todos nós ainda beberemos cerveja cristã na aldeia de nosso nome.

"A Mãe de Deus vai sobre eles,
Em querubins terríveis carregada;
E o salmo está rugindo acima da runa,
E a Cruz vai sobre o sol e a lua,
Termina a batalha de Ethandune
Com o soar de uma trombeta."

Pois os dinamarqueses voltaram de fato desordenadamente,
Clamando, cansados demais para retomar a história,
Ou atordoados com insolência e cerveja,
Ou atordoados com o céu,
Ou empalidecidos diante da face do rei.

Pois Alfred era terrível em sua hora,
O pálido escriba testemunha,
Mais poderoso na derrota ele era

Do que todos os outros homens na vitória,
E atrás, seus homens vinham assassinos,
De garganta seca, bebendo a morte.

E Edgar do Navio Dourado
Ele matou com suas próprias mãos,
Tirou Ludwig do caramanchão de sua dama
E destruiu Harmar em sua hora,
E vã e solitária ergueu-se a torre –
A torre em Guelderland.

E Torr saiu de seu pequeno barco,
Cujos olhos contemplaram o Nilo,
Wulf com seu grito de guerra em seus lábios,
E Harco nascido no eclipse,
Que bloqueou o Sena com navios de guerra
Ao redor de Paris na Ilha.

E Hacon da Canção da Colheita,
E Dirck do Elba ele matou,
E Cnut que derreteu o sino de Durham
E Fulk e o ardente Oscar caíram,
E Goderic e Sigael,
E Uriel do Yew.

E mais alto cantou a carnificina,
E mais rápido caíram os mortos,
Quando da garganta negra da estrada da floresta
Uma maravilha coroada e estrondosa atingiu
A retaguarda do dinamarquês.

Pois a escória da companhia de Colan –
Perdida na outra estrada –
Havia se reunido e crescido e ouvido o barulho,
E com gritos selvagens veio aos montes,
Nus como seus velhos parentes britânicos,
E brilhantes de sangue por pão.

E nus e ensanguentados e no alto
Eles carregavam diante de seu bando
O corpo do poderoso senhor,
Colan de Caerleon e sua horda,
Que trazia a espada de batalha do Rei Alfred
Quebrada em sua mão esquerda.

E uma estranha música o acompanhava,
Alta e estranhamente distante;
As flautas selvagens da terra ocidental,
Muito agudas para o ouvido entender,
Cantavam alto e mortalmente em cada mão
Quando o homem morto ia para a guerra.

Bloqueados entre o fantasma e o bucaneiro,
Bravos homens caíram e morreram;
E os selvagens senhores do mar bem poderiam estremecer
Quando as medonhas flautas de guerra do Gael
Chamaram as trompas do Vale do Cavalo Branco,
E todas as trompas responderam.

E Hildred, o pobre barreira,
Derrubou quatro capitães mortos,
E Halmar derrubou outros três,
E os grandes condes vacilaram de um lado
Para o outro pelos vivos e pelos mortos.

E Gorlias agarrou a grande bandeira,
O Corvo de Odin, rasgada;
E os olhos de Guthrum se alteraram,
Pela primeira vez desde a manhã.

Como uma volta da roda da tempestade
Inclina todo o céu alto,
E penhascos de nuvens pálidas e luminosas
Se inclinam como grandes paredes sobre nós,

Como se os céus pudessem cair.

Assim como um céu tão alto
E inclinado envia certa neve ou luz,
Os olhos de Guthrum também mudaram,
E a curva foi mais certa e mais estranha
Do que mil homens em fuga.

Pois não até que o chão dos céus seja dividido,
E o fogo do inferno brilhe através do mar,
Ou as estrelas olhem através dos joelhos da terra
rasgada,
Vem tal ruptura de certezas,
Como quando um homem sábio realmente vê
O que é mais sábio do que ele.

Ele colocou seu cavalo na culatra de batalha,
Mesmo Guthrum dos dinamarqueses,
E como sempre havia caído, caiu sua marca,
Uma torre caindo sobre muitas terras,
Mas Gurth, o caçador de aves,
Colocou uma mão sobre a rédea do freio.

O rei Guthrum era um grande senhor,
E superior a seus deuses –
Ele fazia os papas rirem,
Repreendia os santos com varas,

Ele tomou este nosso mundo oco
Como uma taça para conter seu vinho;
Na divisão dos caminhos da floresta,
Veio a ele um sinal.

Em Wessex, na floresta,
Ao quebrar as lanças,
Estabelecemos um sinal em Guthrum
Para brilhar por mil anos.

Onde as selas altas se acotovelam
E os rabos de cavalo se agitam,
Ergueu-se para os pássaros voando
Um rugido de mortos e moribundos;
Em surdez e forte choro
O assinamos com a cruz.

Longe do rio sinuoso,
O sangue correu por dias,
Quando colocamos a cruz em Guthrum
Na separação dos caminhos.

LIVRO VIII. A LIMPEZA DO CAVALO

Nos anos de paz de Wessex,
Quando o bom rei se sentava em casa;
Anos seguintes àquela benção sangrenta
Quando ela que está acima da lua
Estava acima da morte em Ethandune
E viu seu reino chegar—

Quando o povo pagão do mar
Fugiu para suas paliçadas,
Cravado ali com dardos para se agarrar
E maravilha feriu o rei pirata,
E o trouxe para seu batizado
E o fim de todos os seus ataques.

 (Pois não até que a ardósia azul da noite seja
Totalmente apagada de sua última estrela,
E novos sinais ferozes escritos ali para serem lidos,
Os olhos com tal espanto prestarão atenção,
Como quando um grande homem sabe de fato
Uma coisa maior do que ele.)

E chegaram a seu crisma
Os senhores de todas as terras distantes,
E uma linha foi traçada a noroeste
Que libertou o império do rei Egbert,
Dando todas as terras do mar do norte
Aos filhos da estrela do norte.

Nos dias restantes de Alfred,
Quando todas essas coisas foram feitas,
E Wessex jazia em um pedaço de paz,

Como um cachorro em um pedaço de sol—

O rei estava sentado em seu pomar,
Entre maçãs verdes e vermelhas,
Com o livrinho no peito
E o sol na cabeça.

E ele reuniu as canções de homens simples
Que balançam com elmo e balde,
E as esmolas que ele deu como um cristão
Como um rio vivo com peixes correndo;
E ele fez presentes a um mendigo
Como a um deus errante.

E ele obteve boas leis dos reis antigos,
Como tesouros das tumbas;
E muitos ladrões em recantos espinhosos,
Ou nobres em torres manchadas pelo mar tremeram,
Pela abertura de seu livro de ferro
E a reunião das condenações.

Então viriam homens dos confins da terra,
A quem o Rei se sentaria acolhendo,
E os homens iriam até os confins da terra
Por causa da palavra do Rei.

Pois o povo veio ao rosto de Alfred
Cujos dardos foram arremessados
Em monstros que fazem ferver o mar,
Krakens e espirais de mistério.
Ou lançado em neves antigas que são
Os cabelos brancos do mundo.

E alguns bateram nos portões do norte
Do último chão gelado,
Onde o peixe congela e a espuma fica preta,
E o vasto mundo se estreita em uma trilha,

E o outro mar atrás do mundo
Grita através de uma porta fechada.

E homens saíram da face de Alfred,
Mesmo grandes senhores portadores de presentes,
Não apenas para Roma, mas mais ousados,
Para as altas e quentes cortes de antigamente,
De negros vestidos com roupas de ouro,
Silêncio e espadas tortas,

Telas rabiscadas e jardins secretos
E céus carregados de insetos –
Onde planícies de fogo se estendem
Até o país púrpura do Preste João
E as paredes do Paraíso.

E ele conhecia o poder da Terre Majeure,
Onde os reis começaram a reinar;
Onde em uma noite sem nome,
De godos e gauleses sombrios, veio branco,
Acima de velas todas acesas,
Como uma visão, Carlos Magno.

E os homens, vendo tais embaixadas,
Falaram com o Rei e disseram:
"O aço que cantou uma melodia tão doce
Em Ashdown e em Ethandune,
Por que está pendurado em uma bainha tão cedo,
Todo pesado como chumbo?

"Por que habitar os dinamarqueses no norte da
Inglaterra
E cavalgar até o rio?
Mais três marchas como a sua acabariam com eles;
E os pictos deveriam assumir nosso domínio;
E nossos pés escalam o trono
Nas montanhas de Strathclyde."

E Alfred no pomar,
Entre maçãs verdes e vermelhas,
Com o livrinho no peito,
Olhou para as folhas verdes e disse:

"Quando todas as filosofias falharem,
Esta palavra sozinha deve servir;
Que um sábio se sente muito pequeno para a vida,
E um tolo muito grande para ela.

"A Ásia e todas as planícies imperiais
São muito pequenas para um tolo;
Mas para um homem cujos olhos podem ver
A pequena ilha de Athelney
É uma terra muito grande para governar.

"Talvez tenha sido melhor
Quando construí minha fortaleza ali,
Na vastidão das águas repletas de juncos,
Eu havia parado em minha parede de barro e gritado:
'Tome a Inglaterra toda, de maré a maré–
Seja Athelney minha parte.'

"Aqueles loucos da disputa do trono
Opressores e oprimidos–
Haviam alinhado às margens de Athelney,
E acenaram e lamentaram incessantemente,
Onde o rio se transformava no mar largo,
Por uma ilha dos abençoados.

"Uma ilha como um livrinho
Cheio de uma centena de contos,
Como a página dourada que o bom monge escreve,
Que é menor que uma carriça,
Mas tem cidades altas, meteoros e homens,
E sóis e baleias jorrando;

"Uma terra tendo uma luz
No rio escuro e rápido,
Uma ilha com total clareza iluminada,
Porque um santo havia ali estado;
Onde flores são flores de fato e adequadas,
E árvores são árvores finalmente.

"Assim como a ilha de um santo;
Mas eu sou um rei comum
E farei minhas cercas duras
De Wantage Town a Plymouth Bluff,
Porque não sou sábio o suficiente
Para governar uma coisa tão pequena."

E aconteceu nos dias de Alfred,
Nos dias de seu repouso,
Que como os velhos costumes a seus olhos
Eram uma estrada reta e uma luz constante,
Ele ordenou que mantivessem o Cavalo Branco branco
Como a primeira pluma das neves.

E direto para a luz vermelha da tocha,
Do problema do cinza da manhã,
Eles despojaram o Cavalo Branco da grama
Como o desfolam até hoje.

E sob a luz vermelha das tochas
Ele sonhava como se estivesse obtuso,
Com seus velhos companheiros mortos como reis,
E as coisas ricas e irrevogáveis
De um coração que não tem aberturas,
Mas está fechado, mesmo estando cheio.

E a luz da tocha tocou o cabelo claro
Onde a prata nublava o ouro,
E a moldura de seu rosto era feita de cordas,
E um jovem senhor virou-se entre os senhores

E disse: "O Rei é velho."

E assim que ele disse isso,
Um informante apareceu gritando:
"Arme-se, lorde Rei, o braço das aldeias,
No horror e na sombra do perigo,
Eles queimaram a fazenda de Brand de Aynger –
Os dinamarqueses voltaram!

"Os dinamarqueses dirigem os ângulos orientais
brancos
Em seis lutas nas planícies,
Os dinamarqueses devastam o mundo ao redor do
Tâmisa,
Os dinamarqueses para o leste – os dinamarqueses!"

E quando ele cambaleou em um joelho,
Os nobres explodiram em ira,
Gritando: "Os vigias vigiarão
E os xerifes manterão o condado."

Mas o jovem conde disse: "Malditos os santos,
Os santos da Inglaterra, guardem
A terra onde lhes prometemos ouro;
Os diques se deterioram, o rei envelhece,
E certamente isso é difícil,

"Que nunca nos desistamos deles;
Que quando sua cabeça está envelhecida,
Ele não pode dizer a eles que feriu
E poupou com uma mão dura na garganta,
'Vá e não volte mais'."

Então Alfred sorriu. E o sorriso dele
Era como o sol pelo poder.
Mas ele apenas apontou: pediu-lhes que prestassem
atenção

Àqueles camponeses da raça Berkshire,
Que arrancaram a erva daninha do velho Cavalo
Como a arrancam até hoje.

"Queres separar-te das ervas daninhas para sempre?
Ou mostrar margaridas à porta?
Ou vais mandar a erva atrevida
Ir embora e não voltar mais?

"Tão incessante e tão secreto
Prosperam o terror e o roubo libertados;
Traição e vergonha acontecerão
Enquanto uma erva daninha floresce em um pântano;
E como a quietude da grama dura,
A quietude da tirania.

"Sobre nossas almas brancas
Também heresias selvagens e altas
Ondas mais orgulhosas que as plumas da grama,
E mais tristes que seus suspiros.

"E eu vou cavalgando contra o ataque,
E vocês não sabem onde estou;
Mas vocês saberão em um dia ou ano,
Quando uma estrela verde de grama crescer aqui;
O caos os atacou, cavalo e lança,
Machado de guerra e aríete.

"E embora os céus se alterem e os impérios derretam,
Esta palavra ainda será verdadeira:
Se quisermos o cavalo de outrora,
Libertem o cavalo de novo.

"Uma vez eu segui uma estrela dançante
Que parecia cantar e acenar,
E tocar na terra todos os dobres do mal;
Mas agora eu sei que se você não esfregar bem,

A ferrugem vermelha crescerá no grande sino de Deus
E na grama nas ruas de Deus."

Cessou Alfred; e acima de sua cabeça
As grandes cúpulas verdes, as colinas,
Mostravam as primeiras legiões da turba,
Marchando com pressa e amargura
Pelo amor de Cristo e da coroa.

Além da caverna de Colan,
Além de Eldred à beira-mar,
Ergueram-se homens que possuíam o bastão do Rei
Alfred,
Dos desertos ventosos de Exe inexplorados,
Ou onde o espinho do túmulo de Deus
Arde sobre Glastonbury.

Muito ao norte e muito a oeste
As tribos distantes se aproximavam,
Planícies após planícies, caíam além das colinas,
Que um homem ao pôr do sol vê tão bem,
E as minúsculas cidades coloridas
Que habitam nos cantos do céu.

Mas escuro e denso como aglomerava o exército,
Com tambor e tocha e lâmina,
O Rei de olhos imóveis estava sentado ponderando,
Como alguém que observa uma coisa viva,
O giz polido; e ele disse,

"Embora eu dê esta terra a Nossa Senhora,
Que me ajudou em Athelney,
Embora árvores mais nobres e gramados mais
vigorosos
E colinas mais felizes não tenham pisado carne alguma
Do que o jardim da Mãe de Deus
Entre o lado do Tâmisa e o mar,

"Eu sei que as ervas daninhas crescerão
Mais rápido do que os homens podem queimar;
E embora elas se espalhem agora e se vão,
Em algum século distante, tristes e lentas,
Eu tenho uma visão e sei
Que os pagãos retornarão.

"Eles não virão com navios de guerra,
Não desperdiçarão com tições,
Mas livros serão tudo o que comerão
E tinta estará em suas mãos.

"Não com o humor dos caçadores
Ou habilidade selvagem na guerra,
Mas ordenando todas as coisas com palavras mortas,
Cordas eles farão de bestas e pássaros,
E rodas de vento e estrela.

"Eles virão dóceis como escriturários monásticos,
Com muitos pergaminhos e canetas;
E vocês se virarão e olharão para trás,
Desejando um dos dias de Alfred,
Quando os pagãos ainda eram homens.

"O querido sol diminuído entre os terríveis sóis,
Como flores mais ferozes no caule,
A terra perdida e pequena como uma ervilha
Na alta floresta do alto céu,
– Estas são as pequenas ervas daninhas que vocês verão
Rastejar, cobrindo o giz.

"Mas, embora eles façam uma ponte sobre o mar de Santa Maria,
Ou roubem a asa de São Miguel –
Embora eles criem maravilhas sobre nós,
Maiores do que o grande Vergílio

Forjado para o rei romano;

"Por este sinal vocês devem conhecê-los,
A quebra da espada,
E o homem não mais um cavaleiro livre,
Que ama ou odeia seu senhor.

"Sim, este será o sinal deles,
O sinal do fogo moribundo;
E o Homem feito como um estúpido,
Que não conhece seu pai.

"Embora eles venham com pergaminho e caneta,
E sérios como um escriturário barbeado,
Por este sinal vocês os reconhecerão,
Que eles arruínam e escurecem;

"Por todos os homens ligados ao Nada,
Sendo escravos sem um senhor,
Por um mundo cego e idiota obedecido,
Cego demais para ser abominado;

"Pelo terror e pelas histórias cruéis
De maldição em ossos e parentes,
Por estranhamento e fraqueza vencendo,
Amaldiçoado desde o início,
Por detalhes do ato de pecar
E negação do pecado;

"Pelo pensamento uma ruína rastejante,
Pela vida um lodo saltitante,
Por um coração partido no seio do mundo,
E o fim do desejo do mundo;

"Por Deus e pelo homem desonrado,
Pela morte e pela vida vãs,
Conheçam o velho bárbaro,

O bárbaro que voltou—

"Quando é grande a conversa sobre tendência e maré,
E sabedoria e destino,
Salve aquele pagão imortal
Que é mais triste que o mar.

"Em que homens sábios devem feri-lo,
Ou a cruz se erguer novamente,
Ou caridade ou cavalheirismo,
Minha visão não diz; e não vejo mais nada;
Mas agora cavalguem em dúvida
Para a batalha da planície."

E a orla da grande colina foi cortada como um gramado,
Enquanto os recrutas se aglomeravam de perto e de longe,
Das florestas quentes da estrela ocidental,
E o Rei partiu para sua última guerra
Em um cavalo alto e cinza ao amanhecer.

E as notícias de sua luta distante
Chegaram lenta e irregularmente
Da terra dos saxões orientais,
Do nascer do sol e do mar.

Das planícies do alvorecer branco
E da triste coroa de St. Edmund,
Onde as piscinas de Essex empalidecem e brilham
Além da cidade de Londres—

Em fragmentos poderosos e duvidosos,
Como guerras fracas ou fábulas,
Escalou as velhas colinas de seu renome,
Onde a testa careca da colina do Cavalo Branco
Está perto das estrelas frias.

Mas lá longe, nos lugares orientais,
O vento da morte soprava alto,
E um ataque foi conduzido contra o ataque,
O céu ficou vermelho e a fumaça balançou,
E o alto cavalo cinza passou.

Os portões do grande rio
Foram rompidos como por uma barcaça,
As paredes afundaram lotadas, dizem os escribas,
E altas torres populosas com tribos
Pareciam se inclinar para o ataque.

Fumaça como céus rebeldes rolou
Enrolada sobre chamas coloridas,
Espelhadas em monstruosos sonhos roxos
Nas poderosas piscinas do Tâmisa.

Ruidosa foi a guerra na muralha de Londres,
E ruidosa nos portões de Londres,
E ruidosos os reis do mar na nuvem
Romperam seus deuses sonhadores,
E clamaram alto sobre seus terríveis Destinos.

E o tempo todo na Colina do Cavalo Branco
O cavalo jazia longo e pálido,
A relva rastejava e o fungo rastejava,
E o pequeno alazão, enquanto todos os homens
repousavam,
Desenvolvia o trabalho do homem.

Com dedos de veludo, pés de veludo,
Os musgos ferozes e macios então
Rastejavam no grande patrimônio branco
Que todo o povo se esforçava para despojar e
descascar,
E a grama, como uma grande roda verde de bruxa,
Desenrolava as labutas dos homens.

E o trevo e o cardo silencioso floresceram,
E os botões brotaram silenciosamente,
Com pouca preocupação com o vale do Tâmisa
Ou com o que poderia haver—

Lá longe, no rio que se alargava,
Nas planícies orientais para a coroa,
Erguia-se no céu púrpura pálido
Uma torre de fumaça como marfim;
E a fumaça mudou e o vento passou,
E o rei tomou a cidade de Londres.

O AUTOR

Gilbert Keith Chesterton, (1874 - 1936), crítico inglês e autor de versos, ensaios, romances e contos, conhecido também por sua exuberância personalidade e figura rotunda.

Chesterton foi educado na St. Paul's School e mais tarde estudou arte na Slade School e literatura na University College, em Londres. Seus escritos até 1910 eram de três tipos. Primeiro, a crítica social, principalmente em seu volumoso jornalismo, foi reunida em *The Defendant* (1901), *Twelve Types* (1902) e *Heretics* (1905). Nele, expressou pontos de vista fortemente pró-Boer na guerra sul-africana. Politicamente, começou como um liberal, mas após um breve período radical tornou-se, com seu amigo cristão e medievalista Hilaire Belloc, um Distributista, favorável à distribuição de terras. Esta fase de seu pensamento é exemplificada por *What's Wrong with the World* (1910).

Sua segunda ocupação era a crítica literária. *Robert Browning* (1903) seguido por *Charles Dickens* (1906) e *Appreciations and Criticisms of the Works of Charles Dickens* (1911), prefácios de romances individuais, que estão entre suas melhores contribuições para a crítica. *Seus George Bernard Shaw* (1909) e *The Victorian Age in Literature* (1913) junto com *William Blake* (1910) e as monografias posteriores *William Cobbett* (1925) e *Robert Louis Stevenson* (1927) têm uma espontaneidade que as coloca acima das obras de muitos críticos acadêmicos.

A terceira grande preocupação de Chesterton era a teologia e o argumento religioso. Ele foi convertido do anglicanismo ao catolicismo romano em 1922. Embora ele tivesse escrito sobre o cristianismo antes, como em seu livro *Ortodoxia* (1909), sua conversão acrescentou um toque a seus escritos polêmicos, notadamente *The Catholic Church and Conversion* (1926), seus escritos em *G.K.'s Weekly*, e *Avowals and Denials* (1934). Outras obras decorrentes de sua conversão foram *St. Francis of Assisi* (1923), o ensaio de teologia histórica *The Everlasting Man* (1925), *The Thing* (1929; também publicado como *The Thing: Why I Am a Catholic*) e *St. Thomas Aquinas* (1933).

Em seus versos, Chesterton era um mestre nas formas de baladas, como mostra o comovente *Lepanto* (1911). Quando não era muito cômico, seu verso era francamente partidário e didático. Seus ensaios desenvolveram sua irreverência astuta e paradoxal até o ponto máximo de verdadeira seriedade. Ele é visto na sua forma mais feliz em ensaios como *On Running After One's Hat* (1908) e *A Defense of Nonsense* (1901), em que diz que o absurdo e a fé são "as duas supremas afirmações simbólicas da verdade" e "Extrair a alma das coisas com um silogismo é tão impossível quanto extrair o Leviatã com um gancho."

Muitos leitores valorizam mais a ficção de Chesterton. *The Napoleon of Notting Hill* (1904), um romance de guerra civil no subúrbio de Londres, foi seguido pela coleção vagamente entrelaçada de contos, *The Club of Queer Trades* (1905), e o popular romance alegórico *The Man Who Was Thursday* (1908). Mas a associação mais bem-sucedida de ficção com julgamento social está na série de Chesterton sobre o detetive Padre Brown: *The Innocence of Father Brown* (1911), seguido por *The Wisdom of Father Brown* (1914), *The Incredulity of Father Brown* (1926), *The Secret of Father Brown* (1927) e *The Scandal of Father Brown* (1935).